文春文庫

天使は奇跡を希（こいねが）う

七月隆文

文藝春秋

目次

本文イラスト　田中将賀

天使は奇跡を希う

プロローグ

ぼくのクラスには天使がいる。

天使のように可愛いという比喩じゃなく、正真正銘、本物の天使だ。

星月優花（ほづきゆうか）というなんだか芸能人みたいな名前をした彼女は、その字面ほどではないけどけっこう可愛く、表情の動きが魅力的で、笑顔はぱっと光るような華があり——

背中から、大きな白い翼を伸ばしている。

そんな彼女は今の休み時間、ぼくの斜め前の席で女子と屯（たむろ）しながら、

「天使なんて空想の存在に決まってるじゃん！」

と言いつつ、背中の翼をバッサバッサとはためかせている。

ぼくはツッコミたい衝動を奥歯を噛んでこらえる。

しかもさっきの発言のきっかけが「え、いま誰かユーカのこと天使って言った……？」という脈絡のないナルシスト発言からのセルフツッコミで、輪をかけてひどい。

けれど女子たちは笑うだけ。

なぜなら、翼が見えてないから。

ぼくにしか、見えていないから。

それが幻覚でないことは、すでに証明されている。

「でもわたしって、天使みたいに可愛いからなー。実は天使かも？　なにしろユーカだし！」

えへぇっ！　とわざとらしいブリッ子笑いをして周りの「ハイハイ」という失笑を買いに行きつつ、その勢いで翼がスイングし——後ろの机にある筆箱にぶつかった。

がしゃり。飛んだ筆箱が床に落ち、中に入っているペンの束が擦れてずれる音がした。

その響きは教室の中でささいな異物となり、みんなが反射的に目を向ける。

その中に、軽くこわばった表情がちらほら。それはぶつかった瞬間を目撃したらしい面々で、一言でいうなら「おかしな現象を目撃したまなざし」をしていた。

たとえば、何もないのにいきなり筆箱が飛んだ——という現象を。

そう。あの翼は物にぶつかるし、風だって起こす。間違いなく彼女の背中に実在するものだ。ぼくにしか見えないだけで。

みんなが筆箱に注目する沈黙の刹那、彼女はふいに芝居がかった動作できょろきょろとし、

「風？　それとも、天使の悪戯……？」

と、ボケた。

みんなが小さく笑い、空気が緩む。彼女のアイドル性がきらきら光って、みんなそこに引き込まれた。けど。

——何が天使の悪戯？　だよ！

ぼくは一人、ツッコみたい衝動にもだえ苦しむ。

——お前天使だろ!!

思いきり言ってやりたい。

彼女が転校してきてからというものずっとこんな感じで、ぼくは一人、目をそらしながら衝動をやり過ごすのだった。

どうにか鎮めて前に向き直ると——

彼女が、ぼくを見ていた。

友達に囲まれながら、その垣根の隙間からそっとのぞくような、さりげなくも、たしかな興味を持って。

そう。彼女とはときどき、こんなふうに目が合う。

まずいかもしれない、と思った。

第1話　神様いそうだね

1

星月(ほづき)さんがここ、愛媛県今治(いまばり)市の第一高校に転校してきたのは今から五日前。二学期の初めからだった。

彼女が転校してきた日のことを、ぼくは忘れない。

『星月優花(ゆうか)です。よろしくお願いします！　ユーカって呼んでください！』

白い翼を持った女子が満面の笑みで黒板の前に立ったとき、ぼくはなんのコスプレだと思って吹き出し、同じ戸惑いを浮かべてるだろうクラスメイトたちの反応を見た。

……あれは、世界で突然独りきりになったような瞬間だった。

みんな、あれを認識していない。

クラスメイトと先生に探りを入れた結果、ぼくは自分が異常になってしまったのではというとてつもない不安を抱えることになった。映画で観た数学者のような幻覚症状に罹ってしまったのかと授業が耳に入らず、ストレスで体の感覚が消えた。

でもその昼休み、後ろから歩いてきた女子に星月さんの羽がぶつかった。

女子は「えっ⁉」となり、ここに何かがあったと騒いだ。

結局あいまいに終わったんだけど、星月さんのごまかす態度を見て、ぼくは……ものすごく安堵したのだった。

　とはいえ、ぼくにしか見えていないことの不可解さと、落ち着かない気持ちは変わらずあり続けている。

　どうして翼のある女の子――たぶん天使――が、正体を隠して今治の高校にやってきたのかはわからないけど、とにかくぼくが選んだ行動は「気づいてないふり」だ。

　だって、他のみんなが見えていなくて、彼女もそのつもりで学校に来ているのだから、そうするのが一番だ。

　こんな日常を飛び越えた相手に踏み込んでいけば、どうなってしまうかまったく予測がつかない。好奇心がないといえば嘘になるけど、やっぱり不安の方が大きかった。

　だからスルー。ぼくは何も見えてなんかいない。彼女は毎日楽しそうだし、ぼくも平穏でいられる。これが一番。

　だというのに。

　あいつは自分が天使であることをネタにしたような、ツッコミ待ちとしか思えない言動を繰り返し、ぼくに苦行を強いてくるのだった。

「ビスマルクが推し進めた、鉄血政策というのは……」

　好きな世界史を受けていたとき、隣の佐伯(さえき)さんから手紙を渡された。

　佐伯さんが目線で前を示す。そこには星月さんがいて、ぼくに向かって笑いかけてきた。

くりっとした瞳をわざとらしくぱちぱちとさせ、こちらがつい力を抜いてしまう愛嬌を金粉みたいに光らせる。

彼女が平均以上のルックスでナルシストキャラをやりつつ、それでもクラス一の人気者でいるのは、この天性の愛嬌と、わたしカワイイ的なことをやった直後に必ず「怒らせてないかな」とまわりの反応をそっと窺う、武道の残心に似た目配りがあるからだ。

「………」

手紙は小さな紙を二つ折りにした、女子が普段やりとりしているような変哲もないものだった。

開こうとして、ぼくはふいに緊張する。

いったいどんな内容だろう。こんななにげないふりをして、実は怖いことが書いてあるんじゃないだろうか。お前にだけ翼が見えてることは気づいてるぞ——とか。

ぼくは息を止めながら、ゆっくりと紙を……開いた。

今日の田中先生、やたらテカってない？

微笑みさえ罪なエンジェル♥ユーカより

ぼくはもう、限界かもしれない。

2

放課後、ぼくは部室に向かっていた。

九月に入ったばかりで、まだまだ陽差しがきつい。

校舎から延びる渡り通路を歩き、生徒会室の入った建物と食堂の間を抜けると、長屋のような部室棟がある。

その奥から二番目が、新聞部だ。

ガラスをはめたアルミの引き戸をがらりと開ける。ウナギの寝床とまではいわないけれど、長細い部屋。広さは四畳ないくらい。

狭いスペースにオフィス用のスチール机とパイプ椅子が置かれていて、奥には物置と化した小さな木机と、鉄製のシューズボックスを積み上げた収納棚があった。中には発行した冊子のバックナンバーや、各時代の先輩たちが残していった食玩フィギュアなど——つまりガラクタが入っている。棚の上には交換したリング状の蛍光灯がそのまま放置されていた。

ぼくは、新聞部に所属している。

いろいろあって東京から今治に二度目の引っ越しをしたぼくは、この今治第一高校で入学式を迎えた。

その日、式を終えて教室に戻ると、全員の机の上に冊子が置かれていた。わら半紙をホチキスで留めた冊子の表紙には『一高見聞録』と書かれていて、どうやら新聞部が新入生のために独自に作っている学校案内らしかった。

中には、食堂のメニュー紹介や教師紹介、学校まわりの用語集といったものが在校生の視点でざっくばらんに書かれていて、それがとても面白かった。

もともと読書好きで文章に興味があることもあって、ぼくはこの冊子とそれを書いている新聞部にものすごく惹かれて、次の日の放課後にこの部室を訪ねたのだった。

そこで、同じ理由で来ていた成美（なるみ）と、五年ぶりの再会を果たしたりもした。

ぼくは小学三年生から四年生までの二年間、ここ今治で暮らしていた。銀行員である父の転勤で、東京から愛媛に引っ越すことになったのだ。

遠い土地で不安だったぼくを、小学校のクラスメイトたちはとても温かく迎えてくれて、中でも成美と健吾（けんご）と仲良くなって、よく一緒に遊んでいたことを覚えている。

ぼくがパイプ椅子に腰掛けスマホをいじっていたとき、がらりと戸が開く。成美が来たんだろう。そう思って顔を上げると——

「あれっ？　新海（しんかい）くん」

そこにいたのは、

「星月さん……」

白い翼を持つ、星月優花だった。

「なんでここに……？」

「猫、入っていかなかった？」

彼女が聞く。食堂のおばさんが餌付けしているらしく、このあたりにはけっこういる
(ちなみに餌付けの知識も見聞録で得たものだ)。

「入ってないよ」

「そっかー」

言って、星月さんは日陰と同じ明るさをした部室を見る。

「ね、ここは何？」

「新聞部の部室」

「新海くん、新聞部なんだ」

「うん」

「へえー」

楽しげな顔で奥に目をやり、

「ちょっと見学してもいい？」

「いいけど」

すると、星月さんは軽い足取りで中に入ってきた。

ガッ
翼が戸に引っかかった。

「――っ！」

ぼくはとっさに顔をそらす。

「いたっ」

――いたっとか言うな！

こいつ、わざとやってるんじゃないだろうな⁉

「新海くん、どうしたの？　なんか震えてるけど」

「……なんでもない」

ツッコみたい衝動を必死にこらえる。

「わー、狭いね」

言いながら、机と壁の間をずりずりと進む。この小さな部室で見ると、彼女の翼はしっかりと大きくて存在感がある。

間近にあっても、特に匂いはしない。ただ空気がちょっと涼しくなったというか、クリアになったような感覚がする。その白さが山登りのときに見た雲に似ているせいかもしれない。

「あ、これアレだよね。タイプライター」

星月さんが、奥の机に置かれていた古いワープロを手にする。

「いや、ワープロだよ。書院っていう昔の」

かなりの初期型だと先輩から伝え聞いている。

「使ってるの?」

「使ってない」

「ふーん」

書院を元の位置に戻し、他に何か面白いものはないかと探している。

でもここにあるのは、そういういつからあるのかもわからないような遺物(ガラクタ)ばかりだ。

そのとき、ポケットの中でスマホが震えた。

これから向かうという、成美からのメッセージ。

いちいち言ってこなくていいのに。まめなやつだった。ぼくはスタンプ一つで返事する。

「ねえ新海くん! ほらほらっ」

その声に、ぼくは振り向く。

「天使の輪」

星月さんが、リングの蛍光灯を頭上に掲げていた。

………。

「舞い降りたと思った？　天使、舞い降りちゃったと思った？」

ねえねえ？　とうざい感じで言いながら、翼をバッサバッサはためかせる。

その風に前髪を煽（あお）られながら――ぼくの中で何かがぶちり、と切れる音がした。

「でもざーんねん。星月はただの可愛すぎる女の子だよ？　天使なんて現実には存在しな――」

「天使だろ」

ぼくは、とうとう。

「お前天使だろ！　羽あるじゃん！　背中に!!」

言ってしまった。

ベニヤ板に囲まれた部室にぼくの声がこもりがちに響いて、余韻もなく消える。

直後に、取り返しのつかないことをしてしまった自覚で、こめかみから髪の生え際のところまでがちりりとなって、微少の汗が噴き出す。

星月さんの表情が、ぱっと咲く。

「見えてるんだ!?」

日陰の部室で、彼女の瞳が光を増す。

蛍光灯を持ったまま、ばたばたと詰め寄ってきた。壁にぶつかりそうになる翼を後ろに伸ばしながら。

「わたしの羽、見えてるんだよね⁉」

「…………」

「じゃないかなーとは思ってたんだよね、ちょっと！」

ぼくの答えを聞くことなく矢継ぎ早に言って、ほっとした仕草をする。なんだかすごく嬉しそうだ。

そのときぼくは、彼女の言葉に隠れた重要なニュアンスに気づいた。

そうじゃないかと思っていた。実は見えてるんじゃないかと疑っていた。

それってつまり――

「……ひょっとして、天使がどうこうってネタをやってたのは、それをたしかめるため……？」

ぼくの指摘に星月さんは唇を少し引きつらせ、それからぼくを見て、ヒクヒクヒクヒクッとわざとらしく唇を動かした。コミカルな顔芸だ。それから。

「でへへ」

と笑い、

「ユーカは油断ならない女なんだぜっ」

漫画のキャラみたいな口調で、びしっと指さしてきた。

「天使なんだぜっ」

「うるせーよ」

ツッコんでしまった。

すんなり口をついて出たことに、自分でちょっと驚く。

星月さんはなぜか嬉しそうだ。

「……ほんとに、天使なのか？」

「なにしろユーカだからね」

「意味がわからない」

またツッコんでしまった。

緊張がほどけ、事実がはっきりしたあとぼくの中に湧いてきたのは、目の前の不思議に対する素朴な好奇心だった。

「その羽……近くで見てもいいか？」

「どうぞ？」

あっさり言って、背中を向けてきた。

「…………」

白い白い、鳥類の羽。

いろんなところで描かれてきた天使の羽そのもの。でも、こんなに大きな翼を持った鳥なんていないから、よくよくみつめると奇妙な感覚になる。

それが人の背中から伸びている。制服とのつなぎ目はさらに不思議なことになってい
て、布という物体をすり抜けているようにしか見えなかった。

「……さわってみて、いい？」

星月さんは困ったふうにちょっと体を傾げたあと、

「いいよ」

「ありがと……」

ぼくは少しばかりどきどきしながら手を伸ばし、彼女の羽に………ふれた。

鳩の羽に一度だけ触ったことがある。折れてしまいそうな華奢な骨と、薄いタンパク質を束ねた鋭利で機能的な羽毛の感触。

それとはぜんぜん違う。

そんな生物学的に研ぎ澄まされた質感じゃなく、あっと驚くくらい現実離れしたもの。

たとえるなら「触れる空気」といったふうな、透明な手触りだった。

ぼくも星月さんも無言で、部室は静まりかえっている。

隣の漫研は、まさかベニヤの壁一枚隔てた向こうでこんなファンタジーなことが行われているなんて思わないだろう。

「あのね、新海くんにお願いがあるの」

ふいに星月さんが言う。

ぼくが羽から手を離すと、彼女がゆっくり振り返ってきた。

思いつめたまなざし。

「……なに？」

ぼくが聞き返したとき、後ろからかすかな靴音。

振り向くと、戸の磨りガラスに人影が映っている。——と思うまもなく、がらりと開いた。

成美だった。

いつもどおりの長いポニーテール、奥二重でしっかり者の性格がよく出ている顔は、なんでもないのに「怒ってるの？」と聞かれたりする。

星月さんというイレギュラーに、成美が素直に戸惑いを表す。

「あっ、村上（むらかみ）さん。ちわっす」

星月さんが、ぴっと手を敬礼みたいにかざす。

「村上さんも新聞部なんだっけ？」

「ええ、そう……」

「そっかー」

言って、星月さんが机の向こう側を回って出口へ。間近になった成美に笑顔をひとつ

置いたあと、

「じゃあお邪魔しましたっ」

ネットなら☆マークが付きそうな調子で出ていった。

見送った成美が、開いたままの戸を閉めた。

こちらに向く。訳を尋ねる目で。

「ええと」

何をしていたか言うわけにもいかず、あせってしまう。まずい、変な誤解をされる。

「――そう、猫がここに入ったって追いかけてきてさ。結局入ってなかったんだけど」

「そう」

と手前のパイプ椅子を引き、腰掛けた。

ぼくのすぐ隣に。当然のような空気感で。

ぼくと成美は付き合っている。

きっかけはよく覚えていなくて、たぶん一緒に部活をやってるうちになんとなくそういう流れになったんだと思う。

「次の新聞、どうする？」

成美が速やかに本題に入りつつ、鞄からブルボンプチのチョコチップを取り出す。

「いる？」

「じゃあ一つだけ」

ぼくがクッキーを一つ取ると、成美も取って、口に入れる。

「どうすっかなぁ」

もうずっと出してない気がする。

生徒会が発行するカッチリした校内新聞は別にあって、うちが作ってるのは不定期で内容も砕けたフリーペーパーみたいなものだ。ぼくはそこが気に入っているのだけど。

「私たち二人だもんね」

そう。春にぼくたちを迎えてくれた小太りで黒縁メガネの木中部長も、きっちりした銀縁メガネの副部長も、三年生は受験で引退してしまった。そして二年生の先輩はみんな幽霊状態。実質、ぼくと成美の二人になっていた。

「でも、いいかげんんやんなきゃなぁ」

「テーマは……文化祭とか?」

成美がぼりぼりと食べながら提案する。クッキーがもう半分くらいになっていた。あいかわらず早いなと眺めるうちに、つい胸の膨らみが目に入る。

ブラウスを内側から豊かに盛り上げ、やわらかそうな曲線を描いた胸。

男の反射として避けることができない。そして呼吸の気配すら皮膚にふれてくる距離で、どうしたってどきどきしてしまう。

意識するたび、ぼくは中学時代の塾で、振り向きざま偶然腕に当たってしまった女子の胸の感触を思い出す。肘にちょっと当たっただけなのに、これまで知ってるどのやわらかさとも違った強烈な印象を。

付き合ってまもなくだからまだ何もしてないけど、そういうことをしていくのだろうか。していいのだろうか。

「そうだ、コーヒー」

成美がすっと席を立ち、奥の収納に向かう。

シューズボックスの一つを開けると、中には電気ケトルと紙コップと、インスタントコーヒーとティーバッグ各種。先輩が残した数少ないガラクタ以外の遺産。

「良史(よしふみ)、なに飲む？」

「あ……じゃあ、コーヒー」

成美が準備を始める。

もちろん先生にみつかったら怒られる。

成美は委員長みたいな雰囲気で中身も実際そうだから、規則とかにはうるさいんだけど、食べることに関してだけは例外項目で、そうとう自分に甘くなる。

ペットボトルの水を電気ケトルに注ぐ姿を見つつ、ぼくはふと、成美がぼくの変な空気を察して逃げたんじゃないかと思った。そんな気がする。

自己嫌悪に陥る。

「はい」

「サンキュ」

渡された白い紙コップのコーヒーを一口。

禁止されているのを隠して部室でこっそり飲むインスタントコーヒーは、本来の何倍も美味しいと思う。

成美が隣に座って一口すすり、ちょっと幸せそうな微笑みを浮かべた。

なんの匂いもしなかった部室に、成美の淹れたコーヒーの香りが満ちている。

結局、何も決まらないまま今日はお開きになった。

成美と二人で駐輪場に向かう途中、グラウンドで活動する野球部の姿が見えた。

うちの高校の野球部は甲子園常連の強豪で、その練習は端から見ていてもすさまじい。ノックを受ける体の捌(さば)きとか、ファーストに投げるボールの速さとか、プロなんじゃないかと思ってしまう。ぼくが見てきた野球部とはレベルが違いすぎた。

そして、たった今ファーストにボールを投げたのが、健吾だった。

一年生にして強豪校のレギュラーであり、目鼻立ちのきりっとしたイケメンに成長した。

グラウンドの外れで、女子たちが固まって練習を見守っている。マネージャーではなく、部員の彼女やファンだ。全国レベルになると本当にこういう光景があるのだと、入学したばかりの頃は驚いたものだった。

その女子たちの多くが、健吾に熱心なまなざしを向けている。

坊主頭でもイケメンかつ、とっつきやすい人柄のあいつはすごくモテる。告られてもなぜか全部断ってるみたいだけど。

「やってるな」

「うん」

ぼくたちはぼんやり眺めながらつぶやく。

そのとき健吾がこっちに気づいて「おう」というふうに手を振ってきた。

速攻で監督にみつかって怒られた。

あいつは、ああいう良くも悪くも目立ってしまうところがある。

3

駅に近い車道沿いのパン屋さん。そこが成美の家だ。

「じゃあ」

「うん、ありがとう。――ちょっと待ってて」

言って、成美が店の中に入っていく。カウンターにいるおばさんに話しかけ、紙袋を受け取って、パンを二つ中に入れる。その間、ぼくはガラス越しに目が合ったおばさんに軽く会釈した。

「はい」

出てきた成美が、紙袋を差し出す。

「いいのに」

「いいって。ママも言ってるから」

「悪いな」

成美はやたらぼくに食べものをあげたがる。おばあちゃんなのだろうか。

「じゃあ」

「うん」

ぼくは自転車のサドルにまたがる。と、

「おかえり！」

隣のおばさんが声をかけてきた。

今治タオルの小売店をやっているおばさんは、ぼくが小学生の頃、子供会の行事を仕切りまくっていた名物おばさんだった。今も樽みたいにどっしりした体格で、陽気な笑顔を浮かべていた。

「どうも」

ぼくも笑顔で応えたあと、ペダルを蹴った。みんながみんなのことを知っている。そういう雰囲気が今治にはまだ残っている。

すぐに突き当たる交差点で信号待ち。道路を車がせわしなく行き交っている。

四国の海沿いというと、映画で観たような「海と島と生徒の少ない木造校舎」みたいなイメージをかつてはしていたけど、今治は普通の地方都市だ。

ただ道路がすごく広くて街並み全体が妙に見渡しよく、久しぶりに駅前に立ったときは住んでいた町との広がりの違いに体がふわふわした。東京と違うなぁと思ったのだけど、これがお台場や豊洲と同じ、海沿いの町特有の抜け感なのだとあとで気づいた。

信号が青になったので、横断歩道を渡る。

向かいからすれ違う、自転車に乗った中学生の女子二人。そのどちらも、赤いラインの入った白いヘルメットをかぶっている。

　今治ではよく見る姿だ。小中学生まで自転車に乗るときは指定のヘルメット着用が義務づけられていて、高校生や社会人でも、指定のものではないもののかぶっている人が多い。

　成美によると「基本イヤではありつつ当たり前という感覚」らしい。

　今治はタオルが有名だけど、実は自転車の町でもある。

　今治から広島の尾道までをつなぐ瀬戸内海の縦断ルートを「しまなみ海道」と名づけ、観光地としてプッシュしている。大橋（ブリッジ）に自転車で走れる道があり、瀬戸内海の景色を楽しみつつ渡れるのがウリ。実際、海外からも自転車愛好家（サイクリスト）が訪れるようになっているらしいけど——観光地の常というか、地元の人はあまり行ってないようだ。

　通りを進むと、大きな金色のプロペラが見えてくる。公会堂の前に置かれた巨大なオブジェで、船のスクリューらしい。今治は造船が盛んで、全国シェアナンバー１なのだと成美が誇らしげに言っていた。

　そこを右、左と曲がると、住宅街に。

　昭和そのままみたいなこぢんまりとした景色を自転車で行くとほどなくして——古い民宿っぽい黒塗りの木造二階建が見えてくる。

　ここが、父方の祖母の家。ぼくがいま住んでいる場所だ。

自転車を駐め、年月で曇ったガラスをはめた木戸をガタガタ開けると、古い家の匂いが迎える。

セメントで固めた土間から上がって、狭い廊下を進むと、奥の部屋でおばあちゃんが再放送の刑事ドラマを観ていた。こちらに振り向き、

「おかえり」

低くてやわらかでちょっとしわがれた声で言う。

垂れ目の柔和な顔。こめかみのあたりに大きなほくろがぽつんとある。

「ただいま」

ぼくは成美にもらった紙袋を見せ、

「村上さんにパンもらった」

「あら。何かお礼しないとねぇ」

「うん」

自分のパンをひとつ取って紙袋を座卓に置き、ぼくは二階へ上がる。

ぼくがここに来た最初の日以降、おばあちゃんはあのことについて何もふれてこない。家族に対する不信感をぶつけたぼくを、穏やかに、おばあちゃんらしい古い言い方で宥めたくらいだ。それがありがたかった。

ぼくが再び今治にやってきたこと、おばあちゃんの家に住むようになったことには、

理由がある。

その理由である事件については、思い出したくない。

陽が落ちるの早くなってきたな、と思う。

夕方六時前、ぼくは暮れてきた住宅街を自転車で抜けていた。

晩ご飯のお使いにスーパーに向かっている。殊勝な孫みたいだけど、実際は外に出る口実という部分があった。

まだ慣れていないせいなのか、おばあちゃんの家は落ち着かないというか微妙に居心地悪くて、なんだかんだと外出している。今もお使いといいつつ、商業施設(フジグラン)まで行って小一時間はぶらつくだろう。

おばあちゃんは気づいているのだろうか。だとすると胸がちくりとするけど、どうしようもなかった。

最寄りのスーパーであるマルナカを通り過ぎ、銀座商店街のアーケードに向かう。入った右手に個人経営の書店があるから、まずはそこで文庫や漫画をのぞいていこう。

このあと行くフジグラン内のツタヤと置いてる本が違うわけじゃないし、むしろ品揃えは薄いけど、とりあえずハシゴするのが日課だった。毎日行っても置いてるものはほとんど同じだけど、習慣としか言いようがない。

アーケードに入り、右に曲がったその瞬間。

白い翼が、目に飛び込んできた。

本屋の店先で、星月さんがファッション誌を立ち読みしていた。

天使の立ち読みという絵面はものすごくシュールで、ぼくは脱力しそうになる。見なかったことにして引き返そうと思った。けど――

――頼み事って、なんだろう。

そう。部室で言いかけていたこと。あれが気になった。

と、彼女がこっちに気づく。

「新海くん！」

大きく目を開いた笑顔で手を振る。同時に翼もバッサバッサ動いていて、なんだか犬の尻尾を連想させた。

ぼくは仕方なくペダルを蹴って、そこまで行く。

「新海くん、何してるの？」

「ここに来るとこだったんだ」

「本、好きだもんね」

商店街の真ん中を、軽自動車が走っていく。

道幅が広くて人通りもほとんどないから、車や自転車が普通に走る。でもその数自体も少なくて、夜の銀座商店街はちょうどアーケードを照らす白い灯りのような薄い静けさに包まれていた。

「家、近くなの？」

ぼくが静けさを埋めると、

「家は、ないよ」

「え？」

星月さんが、いつもどおりの明るさで答える。

「星月は天使だから、この町に家なんてないのですよ」

「…………」

言われてみれば、そうなのか。

だって、天使ということは、住んでる場所はやっぱり……

「じゃあ、天国に住んでるってことか？」

そのとき書店から出てきたおじさんが、ちらりとこっちを見る。聞かれていた。そしてそのまま歩いていった。

星月さんが「もうっ」という笑みでぼくの腕を叩く。

壁などまったくないかのように、一瞬で距離を詰めてくる。

クラス大半の男子の心をわしづかみにし、女子にも人気だ。改めて思うとすごい。天使というのは、みんなこうなのだろうか。

「実は、天国から落っこちちゃったせいで、ここにいるの」

おじさんが完全に遠ざかったタイミングで言った。

「……なんで落ちたんだ?」

「わかんない。帰れなくてさ、すっごく困ってるの」

その本当に困っているニュアンスを感じた瞬間——ぼくの中に強い意志が芽吹く。それは、ぼくの心の癖だ。

一方で、今現在についての素朴な疑問が湧いた。

「じゃあ、星月さんはどこで寝てるの?」

「ほづきちって天使じゃないですか」

「ほづきちってなんだよ」

「だから眠らないの。眠くなるっていうのが、ない」

「…………」

思いがけない答えに、ぼくは戸惑う。

「ほんとは食べものもいらないし、お風呂に入らなくても大丈夫だよ」

ぼくは昼休み、彼女がみんなに囲まれながらパンを食べていた姿を思い出す。

「食べてなかった？」

「食べることはできるよ。でも、お腹が空いたりいっぱいになるって感覚はないっていうか」

その感覚がまったく想像できない。

天使なんだ――と、強く思った。

この寂れた商店街の書店に立つ星月さんの印象が、音もなく変わっていく。目の前で愛嬌のにじむ微笑みを浮かべた彼女は、正真正銘の天使で、本で読んだとおり肉体を持たない霊魂的な存在――

星月さんが、すごい変顔をした。

悟空に殴られた魔人ブウを一時停止したみたいな、ひどい顔だった。

ぼくは吹き出す。

「なんだよ、それ」

彼女は元の顔に戻って笑う。

「だから、朝まで町をぶらぶらしてるの」

「それ……きつくないか？」

「平気だよ。天使なんか、普段からぼーっとしてるもんだし。こんなもんっす」

本屋で立ち読みはしないだろう。

そう思いつつも、ぼくは家の居心地が悪いといって出てきている自分がひどく贅沢に感じられて、反省させられる。

「……頼みたいことあるって、言ってたよな？」

「！　そうそう、それっ」

星月さんが両手を組んで前に出てくる。近い。あと、バサッと動いた羽が平置きの雑誌にかすった。

「天国に戻りたいんだけど、その方法がわからないんだよ。いろいろ試すことは考えてるんだけど、それを手伝ってほしいの」

「わかった」

ぼくは即答した。

あまりの早さに、星月さんがきょとんとする。

「ぼくにできることなら」

詳しい内容も何も聞いてないけど、ぼくの中に迷いはない。

こういうのは、放っておけない性格なんだ。

これが実家を離れるきっかけの事件につながったんだけど、後悔はしていない。ぼくは間違っていないと、今でも思う。

「らしいね」

星月さんが言った。

ちょっとおどけた声で、上目遣い。軽く首を傾げると、肩にかかる長さの髪がさらりと流れた。

「なんとなくだけど。新海くんらしい気がするよ」

商店街の薄い灯りを受けて、彼女の頭のてっぺんに艶やかな輪ができている。

ぼくはふと思う。

たしかあれも天使の輪というんじゃなかったかと。

4

天使はスマホとＬＩＮＥのＩＤを持っていた。

『では《ミッション》を発表します』

中二病っぽいかぎ括弧を使って強調しているミッションというのが、星月さんが天国に帰るための手段——の候補らしい。

そういうわけで、ぼくは土曜の朝から自転車で駅に向かっている。

郵便局の角を曲がり、公会堂の金のスクリューを過ぎてまっすぐ。

ほどなく駅のバス乗り場があり、その少し離れたところに星月さんは立っていた。

ぼくに気づき、ぱっと星のように笑う。

彼女の全身から透明な甘いものが放たれているようだ。それはぼくの皮膚に届いて、すっと後ろまで浸透していく。

——ニュートリノみたいだ。

なんて、冷静なことを考えるふりで心をそらした。

ぼくは彼女の前で自転車を止めた。

「よう」

「よう」

わざとらしく真似てくる。羽がバサバサ動く。

「いい天気だね」

「そうだな」

「絶好のミッション日和だね」

「まあ、サイクリングには向いてるな」

「そう！」

ぴっと指さしてくる。

「しまなみ海道をサイクリングして、来島(くるしま)海峡から亀老山(きろうさん)展望台まで行くのが今日のミッションなのですだす！」

そうなのだった。

ですだすは、あえてスルーした。

「なんでそれが帰れる候補なんだ？」

「いい質問です」

探偵みたくうなずく。

「写真で見ると空に近い感じがしたから、帰れそうかなって」

てきとうきわまりなかった。

「新海くんは行ったことある？　しまなみ海道」

「いや」

興味はあるけど、いざ地元民になってみるといつでも行ける気分になってしまった。

星月さんが残念そうな顔をしたけど、すぐに切り替えて、

「じゃあ、ちょうどいいじゃん！」

トートバッグからヘルメットを取り出し、ぼくに渡してきた。

「今日は、美少女天使とのサイクリングをプレゼントするよっ！」

「これ……」

白いずんぐりとしたフォルムに、青のラインが入っている。小中校指定のやつだった。

「サイクリングだからかぶらないとね。今治ルールだよ」

言いながら、自分も赤いラインの入ったものを装着する。ださいヘルメットも彼女が着けると不思議とおしゃれの一種に映った。

ぼくは迷った末に、しぶしぶとかぶる。

「よし。じゃあ行こう！」

そういうことになって、ぼくはふと気づく。

「星月さんのチャリは？」

「ユーカでいいよ」

「いやだよ」

「いやだよって言われた！」

「星月さんのチャリは？」

「ないよ」

「え？」

「持ってないもん」

星月さんがぼくの自転車(ママチャリ)にとことこ歩み寄ってきて、後ろの荷台に腰掛けた。

「さ、いこ？」

「いや……だめだろ」

「なんで？」

「二人乗り。法律的に」

「大丈夫！　天使だから法律は関係ないよ。むしろユーカだから大丈夫だよ」

「意味わかんねえよ」

彼女に対しては遠慮のない言葉がすっと出せた。すごく話しやすいと感じた。

でも一応理屈は通っている。法律は人間のものなので、天使は対象外だろう。

ならヘルメットもいいじゃないかと、出発してから気づいた。

道路の端っこにある、車と歩行者を分ける白い線。

それに水色の線がくっついてストライプになっている。

「これがしまなみ海道を示すラインなんだよ」

背中越しに星月さんの声が聞こえる。

二人乗りなんて何年ぶりだろう。

一人乗りとは違う重心。ペダルの重さ。いつもは風通しのいい背中にある存在感と体温。ぼくの腰にそっと回された細くてやわらかな腕の感触。そして、

「春からこっちに引っ越してきたんだけどさ」

「うん」

顔を合わせない、近い距離の会話。

「小三から小四まで、一回住んでたんだ」

「そうなんだ！」

声、でかいな。

「ねえ、どんな感じだった？」

ずいぶん食いついてくる。

「どんな感じ……」

「思い出とか」

ああ。

「みんな、すげえ歓迎してくれたな。『東京から？　スゲー！』みたいな感じで。いろいろ聞かれた」

「たとえば？」

「東京でも漫画のワンピースって流行ってるの!?　とか」

「そりゃ流行ってるよねぇ」

「まあな」

二人でくすくす笑う。

わきの車道を時折車が通りすぎていく。片側には田んぼと住宅があり、もう片側にはＪＲの線路が続いている。

まっすぐな道に引かれた水色のラインに沿って、ぼくはペダルをこぎ続ける。

「それでそれで？　歓迎会的なこととか、やった？」

「やった。健吾――一組の野球部やってる友達がそのときクラスメイトで。中心になってやってくれたよ。ぼくの誕生日も近いから、それも兼ねて」

「へえ。どんなことしたの？」

ぼくは思い出す。

「健吾の家でやって……みんながプレゼントくれたんだ」

広い日本家屋のリビングで。テーブルには鯛の刺身とかせんざんきとか地元の名物料理が並んでいて、それを食べたあとみんなが列を作って渡してくれた。

当時流行ってたキャラの文房具とか図書カード。あんなに一気にたくさんプレゼントをもらったのは人生で初めてで、これからもないかもしれない。中でも特に印象に残ってるのが……

「今治タオルで作ったバースデーケーキをもらったなぁ」

「……タオルのケーキ?」

「ああ。白いタオルをロール巻きにして、スポンジに見立てて、ちゃんとケーキみたいにしてたんだ。えっ、てなって。記憶に残ってる」

「それは誰にもらったの?」

誰だったかな。

……ああ。

「成美だ。うん。ほら、部室にいた。あいつもそんときからの仲でさ」

「そっかぁ。なるほど」

笑顔でうなずく気配がした。

道はまだまだ、まっすぐ。

田んぼではすっかり伸びた稲が青い穂をつけている。

「ちょっとお米っぽい匂いがするね」

「ああ」

「あの踏切、かわいいね」

「まあ、わかる」

休日の朝の穏やかな気配。

「じゃあ今治は、思い出の地なんだね」

「うん」

「戻ってきて、嬉しい？」

そのとき、後ろから電車の音が聞こえてきて、すぐにわきの線路に流れ込む。過ぎていく車窓がかすかに透けて、ほとんど乗ってないなと思っているうちに最後尾が遠ざかっていった。

余韻が走ってきた自動車の音と混ざり合い、そのどちらもが消える。

「……また戻ってきたのは、理由があってさ」

気づくとぼくは、そんなことを口にしていた。

どうして話そうとしているのか。ひたすらまっすぐ進むだけの退屈を埋めたいと思ったのか、それとも誰かに話したかったのか。心のハードルが下がっている自分をぼんやり意識した。

「クラスでいじめがあったんだ。中三のとき」

星月さんは何も言わない。背中に感じる彼女の服の布地がちょっと硬くなった錯覚がした。

「久間(くま)ってやつが、チャラいグループに。休み時間に頭はたかれたり、嫌ないじられ方してるなってイライラはしてた。でも何も言えずにいたんだ。恥ずかしいことだけど」

「……普通、そうだよ」

彼女の気遣う響き。

「でも文化祭のとき、そいつらが久間の弁当見て『まずそう』とか『くっせ』とか言ってて、最後は——弁当の中身をゴミ箱に捨てたんだ」

それで、ぼくはキレた。

「だって久間のお母さんが作ってくれたやつだろ？　それを捨てるってありえないだろ。ぼくは別に久間と特別仲がいいわけじゃなかったけど……許せなかったんだ」

思い出すと、今でも声に怒りがこもる。

「だからそいつらに殴りかかった。めちゃくちゃやった。すぐ止められたけど、ぼくも怪我してあいつらも怪我した。それが問題になった。もちろんそうなるし、しょうがないんだけどさ……家族が味方してくれなかった」

ハンドルのゴムを握り締める。

「わけを話してもさ、親父もお袋も『手を出しちゃ駄目だ』『とにかく向こうに謝れ』の一点張りで、理由はぜんぜん酌んでくれなくて。……ぼくはその瞬間さ」

ああ、家族は理解してくれないんだな。

「……ってなって。そこからは顔も合わせたくなくなったし、まあ、いろいろあったんだよ。それで結果――今治のおばあちゃんのところに来ることになったんだ」

コツリと硬いヘルメットと耳の間で、風の歪む音がする。

「そういう事情なんだよ」

イルカの看板が見えたけど、それにふれる気にはなれない。

少しして。

「お母さんのお弁当を捨てるのは、だめだよね」

それは上辺じゃない、ほんとうにそう思っていることが伝わってくる声だった。

「怒るのもしょうがないよ」

全面的に擁護されるとかえって自分の非を強く感じて、なんて返していいのかわからなくなる。

だからぼくはいろいろと言葉を探して、結局、

「ありがとう」

と言った。

すると彼女はほとんど間を置かずに、

「ユーカとのサイクリング、最高でしょ?」

それが照れ隠しなのだと、わかった。


道の雰囲気が変わってきて、いよいよ来島海峡が近づいてきたと感じた。

観光用に整備されたらしき自転車用のスロープを上っていく。

「大丈夫?」

星月さんが聞いてくる。

スロープはなだらかに設計されていたけど、二人乗りだときつい。

「……大丈、夫」

返す声に力がこもるのを隠せなかった。すると彼女が、

「『耳をすませば』にこういうシーンあったね」

「ジブリアニメ、観てんのか?」

「それくらい観てるよ」

天使も観てるのか。

「雫が『あたしだって役に立ちたいんだから!』って言って後ろから押すんだよね」

「だな」

「あそこ好きなんだ」

「そうか」

「……………」

「やらないのかよ」

ぼくのツッコミに、彼女があははと笑う。

「しょうがないなぁ。いっちょやりますか」

後ろからふっと重さが消え、すぐに力がかかってきた。

「おー楽ちんだ」

彼女の声を聞きながら、すかりすかりとペダルを回す。

「わたしたち、雫と聖司だねっ?」

「違うよ」

「バッサリだよ!」

カーブひとつ曲がったところで、

「もういいよ、乗れよ」

「やさしいねぇ」

「そういうんじゃねえよ。乗れって」

「はいはーい」

再び星月さんを乗せて、ぼくは立ち漕ぎでスロープを上りきった。

かと思いきや、すぐにまた別のスロープにつながる。

——まだ上るのか。

げんなりとして、脚が一気に重くなりかけたとき——それが、見えた。

瀬戸内海にかかる、来島海峡大橋。

別世界が垣間見えたかと思うような、これまでとスケールの違いすぎる景色が前ぶれもなく飛び込んできたのだ。

「すごいね」

「ああ……」

あまりの迫力に、はしゃぐこともできない。

今度のスロープは左右を低いコンクリートで包んだ、狭いレーンのようになっていた。

いつのまにか、町を見渡せる高度になっている。

空へとのびる一本のレーンを、ゆっくり上っていく。この感覚はまるで——

「ジェットコースターの最初みたいだね」

「思ってた」

楽しいことが始まると期待しながら、じわりじわりと上っていく高揚感。

弧を描くと、それに合わせて景色も変わる。

赤と白で塗り分けられたクレーンと、平べったい屋根の造船所が眼下に広がっていた。

「たくさんあるね」

「今治は造船のシェアが全国一らしい」

「へー」

ぼくがペダルを踏み込むたびにフレームが軋みをあげる。脚に力が入らなくなってきた。そろそろ本気で厳しい。

「また押す？」

「……いい」

「あ、そうだ」

つぶやきが聞こえたとたん、バサッと音がして——ちょっと前に押された感覚がした。

「どう？」

「………羽？」

「そう」

バサッ、バサッと弾む羽音がするたびに風に押される。

「おおっ」

思わず声が出た。

坂道で嘘のように加速して、ペダルがすいすい回る。体そのものが軽くなったような浮遊感がある。

「楽しいね」

彼女も笑う。

翼のはためく音と浮いてる感じで、まるで鳥の気分になっていたとき――ぼくたちは、海峡に差しかかる。

天国の色彩だ、と思った。

光る雲を散らせた青空に向け、白い主塔が荘厳にそびえている。

巨大さが現実感を軽く揺らがせ、空との綺麗すぎる対比に圧倒された。

Hに似た形の主塔がいくつも立ってつなぐ大橋が、遥か先の島まで架かっている。海と島。三六〇度の非日常の広がり。あまりの鮮やかさと規模感に、幻想世界（ファンタジー）の建造物という印象さえ浮かんだ。

ぼくはぽかんとみつめながら、車の走るわきに設置された自転車の道を進んでいく。

端っこに並ぶ細いポールが、ゆあぁんゆあぁんと粘つくような錯視を起こして後ろに流れていき、主塔は奥に向かって遠近法で重なり、合わせ鏡のような像を結んでいた。前進に合わせて動く視界が、さながら天国の門をくぐっているような気分にさせる。

　横から吹きつけてくる風。

　ぼくたちは、海の上を走っていた。

　瀬戸内海には波がほとんどない。大きな湖なんじゃないかと思えるほどで、初めて見たとき他の海との違いにとても驚いた。

　穏やかな瑪瑙(めのう)色の海に浮かぶ小さな島々は何か神秘的な配置に映って、イザナギとイザナミの持つ矛からぽたぽた落ちた滴(しずく)が島になったという古事記の神話はこういう景色から生まれたんじゃないかと想像してしまう。

　日本神話を思わせる景色が、ここにはあった。

「すごいね！　神様いそうだね！」

　星月さんの興奮した言葉が、そのままぼくの言葉だった。

「ああ」

　高ぶった声で応えながら、自転車を漕いでいく。

　そんな神話めいた風景が橋の左側にあり、右側には今治の町が遠く霞んで広がっている。

　手前に広がる海は光の加減で白い雪原のように見え、進む運搬船が南極に向かう調査船に映る。

神の領域と、人の領域。神話のような風景と、現代の風景。

その境界と混じり合いが、来島海峡大橋から見渡せた。

バサッ……バサッ……

潮風を含んでゆっくりと手放すように、彼女の翼がはためく。ぼくの仰ぐ空がその加速度で流れる。

「空飛んでるみたいじゃない？」

彼女も空を見ているのだろうか。

翼の音を聞いて、ふわりとした加速を感じながら晴れた空を見上げていると……星月さんが本当にこのまま天に帰れるんじゃないかと思えてくる。

「なあ。帰れるんじゃないか？」

「かもっ」

言って、勢いよく何度も羽ばたく。

ぐんぐん速度が上がる。と、向かいからロードバイクがすれ違おうとしていた。まずい。羽にぶつかる。

「星月さんっ！」

「――っ⁉」

翼をたたみ、すんでのところで回避した。

乗り手の白人女性が怪訝そうにちら見してきた。

「あー危なかった……」

彼女が息を吐きながら、ぼくの背中にぴったりとくっついている。

反応するとかえっていやらしい気がして、ぼくは何事もないふうにしていたのだけど、
なにか色々どうしようもなくなってきて、さりげなく体をもぞりと動かした。

と、彼女が小さく跳ねて、それからそっと体を離していき……ふいにぼくの肩を叩く。

「もうっスケべ」

「お前がくっついたんだろ！」

弾けるように笑う彼女の声が、ぼくの耳にきらきらと響いた。

ぼくたちは自転車に乗りながら天使の翼を羽ばたかせ、海を渡り空を流す。

「あー、楽しいねえ」

背中から、彼女の声。

ほんの少し振り向くと、ゆったり動く白い羽先が見えた。

笑顔でいるのだろう。声のようにきらきらとした印象で。

ぼくは、そんなことを思いながら。風のように軽いペダルを回しながら、ふと……

もっとちゃんと後ろを向いて、星月さんを見たいと思ったりした。

……あのとき、優花がどんな顔でいたのか。
どんな思いを胸に秘めていたのか。
ぼくがそれを知るのは、ずいぶんと後のことになる。
これは、天使が奇跡を希う物語。

ぼくと優花の、魂をかけた物語だ。

第2話　お前もなのか

1

ぼくたちは来島（くるしま）海峡大橋を渡り、隣の島にたどり着いた。

「わ、見て！　海すごい！」

大橋から島へ上陸するスロープを下っていると、島の景色が回りながら低くなってくる。

「わ、いい感じ！　映画みたい！」

「うん」

はしゃぐ星月（ほづき）さんに相づちを打つ。

潮風にさらされた木の電柱、傷みのないアスファルトの道が島の情緒に溢れている。開けた空と海、碧（あお）く透きとおる浅瀬。砂浜がびっくりするほど狭い。たぶん幅一メートルもない。

「波がないからなのかな？」

「瀬戸内海って、こうなんだよな」

ぼくも二度目の引っ越しで理解し、驚いたことだった。

たぶん打ち寄せる波がないから、砂も溜まらない。防ぐための堤防も形だけみたいな低さで、家も裏口からそのまま海にどぶんといけそうな位置に建っている。

「あそこの道路なんて、子供が普通に飛び込んだりしそうだよね」

学校帰りにやりそうなイメージが湧く。そのぐらい、歩く道と海が近い。

ぼくたちはスロープを下りきり、島に上陸した。

「次は亀老山(きろうさん)展望台だね」

星月さんが言ったとき、ぼくはふと、忘れていた本題を思い出す。

「そういや帰れなかったな、さっき」

来島海峡大橋。

抜けるような青と白と海の色――翼の音を聞きながら、このまま天国へ続いていきそうだと思えたあの場所を渡っても、星月さんは変わらずぼくの後ろに座っている。

「んー、そうだね」

彼女はぼんやりと返し、

「最初はこんなもんでごんす」

わけのわからない語尾を使った。

ぼくはスルーでペダルを漕ぎ続ける。彼女がぺしんと背中を叩いた。

バスの停まっている港を通り過ぎ、案内標識に従って水色と白のストライプで示されるしまなみ海道を走っていく。

……と。

「どっちだ」

分かれ道でぼくは立ち尽くす。

「ごめん、ちょっと待って」

言って、スマホの地図アプリを立ち上げる。目的地が分かれ道のどちらからでも行けると表示されていたり、欲しいところに標識がなかったり、道案内がけっこうわかりづらかった。

星月さんは何も言わずに待っている。それがぼくには若干プレッシャーになっていく。

「こっちかな？」

彼女が右を指して言う。

「うーん……」

ぼくは地図を拡大したりスクロールさせたりする。山道になっていて判然としないけど、方向的にはたしかに合っている。

「行ってみるか」

右にハンドルを切った。

道なりに行くと、高速道路の料金所みたいなものが見えてきた。

しんとしている。赤いボックスは無人で、車の通る気配はまったくない。

「この先っぽくない？」

彼女が言う。たしかにゲートの先には山道のうねりがあった。

「だな」

チャリで通っていいのかなという迷いはあったけど、ここからは無人に見える料金所にも実は誰かいるかもしれない。道を聞けるかもしれない。そう思ってペダルを漕いだ。

ゲートが近づく。そのとき。

「ちょっと！　何やってんの！」

唐突な声に振り向くと、わきに建てられた小屋から職員らしきおじさんが二人、あわてた顔で駆けてきていた。


そこまで必死にならなくていいじゃないかというくらい注意された。

小屋の手前のスペースまで連れて行かれ「なんでこんなことしたの」「車きたら危ないから」と二人がかりで責められる。

車通る気配ないじゃん、という気持ちが正直芽生えたけど、やりすごそうと黙っていた。すると、職員が小屋から一枚の書類を持ってきた。

「ここに名前と住所書いて」

――マジか。

「何かお咎めがあるわけじゃないから」

じゃあなんで必要なんだ。

そこまで大げさにしなくていいんじゃないかという反発を覚えて、隣の星月さんを見る。

ぼくをみつめていた。

その表情は不安そうであり、同時にぼくがどうするのかを注意深く見守っているふうでもあった。

それでぼくは、頭が冷えた。

「……わかりました」

クリップボードを受け取り、書類に住所と名前を記入する。申し訳ないけど、多少の嘘をついて。

「あの」

星月さんが職員に話しかける。

「こういうことした人、他にもいたりするんですか？」

すると二人の職員はともに苦笑いを浮かべて、言った。

「いないよ」

2

ぼくと星月さんはタクシーの後部座席にいた。

展望台に続く山道を登っている。

頂上まではママチャリではとても無理だと、職員たちに説き伏せられたのだ。地元のタクシーが定額で案内してくれるコースを用意しているから、それにしなさいと。往復と頂上での滞在時間込みで三五〇〇円。ぼくらにとっては高かったけど、二人で割ればまあなんとか、という感じで乗ることにした。一応ミッションだから。

「あんなに聞かなくても」

ぼくは隣に座る星月さんに言う。小屋でタクシーを待ってる間、彼女は、

『ほんとに他に誰もいないんですか？』

とこだわって、持ち前の愛嬌でぐいぐい押して、職員に過去の記録まで当たらせた。

結果、一人もいないと言われたとき、彼女はくりっとした目をさらに大きくし、それから「そうですかあ」と、でへへと頭に手をやった。

「ほづきちって、誰もやったことないことが好きじゃないですか？」

「知らねーよ」

「好きじゃないですか？」

スルーしつつ、窓の外を眺める。

高くなっていく景色を眺めるうち、職員の言ったことは正しかったなと思った。

「これ、自転車じゃ絶対ムリだったよね」

「だな」

大きくカーブ。体が傾く。

曲がった先に、二人組のサイクリストが見えた。

若い男女ペアで、ロードバイクを漕いでいる。あっというまに追い越して振り向くと、
女子の方は眼鏡で文系な感じだった。登れるのかなと少し心配になった。


頂上は、そこそこ広い駐車場になっていた。

運転手さんに待ってもらい、ぼくたちは展望台へと向かう。

入口の階段わきに、小さな売店があった。

「伯方(はかた)の塩アイスだって」

実は隣の伯方島が由来だ。三〇〇円か。これ以上の出費は痛い。

「あれだろ、アイスに塩混ぜた感じだろ？」

「そういうこと言わない。半分ずつ分けようよ。そうすると、超いいよ?」

「何が」

するとえー?　それはぁー……とわざとらしく体をくねらせ、

「ユーカと間接キスできちゃうよ?」

「亀老って、ほんとに老いた亀ってことだったんだな」

「ほんとだ。亀の石像かわいい」

ぼくのスルーに、何事もなかったように乗ってきた。

木の階段を上っていく。

展望台へ続く道は、ウッドデッキ材と打ちっ放しのコンクリートを組み合わせた、やたらと現代的な空間だった。

「ここは、有名な建築家さんがデザインしたんだって」

「詳しいな」

「ネットで調べたの」

天使が言うとシュールだ。

階段を踏む足音が、広いコンクリート壁にたーんたぁんと響く。

つきあたりの踊り場から、緑に覆われた岸辺が見下ろせた。薄い靄(もや)が流れている。陽が隠れ、空気が湿ってきていた。

「あっ、ほら、家がある」

海沿いにオレンジ色の屋根をした家がちんまりと見えた。

「ちっちゃい船が横付けされてるな。魚とか捕るのかな」

「捕り放題だね」

「海水浴も家から〇分だな」

いいなぁ、と二人でつぶやく。

「曇ってきたね」

「ああ」

「ユーカの晴れ力(りょく)が足りないね」

なんてことを話しながら、ぼくたちは階段を上りきり、展望台へたどり着く。

見渡す瀬戸内海と島々が、白く煙(けぶ)っていた。

眼下の森と、海原と、天から零(こぼ)れたような島々——。

「あんなに長い橋を渡ってきたんだね」

海に横たわる来島海峡大橋が霞(かす)んでいる。

眺めているうちに霧がどんどん濃くなり、対岸の今治(いまばり)市街が見えなくなった。

ぼくたちの周囲には、白い霧が壮大に流れていた。

「雲の中にいるみたいだね……」

まさしくそんな気分だった。

視界は真っ白く包まれ、ぼくと彼女以外誰もいない。

まるで世界が終わって二人きりになったようだ、なんて言葉が浮かんだけど、さすがに恥ずかしいから口にはしない。

すると星月さんが天を仰ぎながら、

「空チカだね」

「駅チカみたいに言うな」

台無しだった。

「……どうだ？　帰れそうか」

「どうだろうねぇ」

言いながら、中央にある四角い台に跳び乗った。

そうして伸びをするように胸を反らし、瞳を閉じて。

バサッ……バサッ……

翼を気持ちよさそうにはためかせる。

ちょうど乗っている台が台座として、さながら天使を象った石像に魂が吹き込まれた瞬間を目撃している感覚になった。

悔しいけど、そのくらい神秘的な姿だった。

「だめっぽいねえ」

いつもの表情で、からりと言う。

「そうか……」

ぼくはまあそんなもんか、というほどの落胆具合で応え、観光客の目線になってあたりを見る。

展望台は四角い石の床で、広さは六畳ぐらいだろうか。転落防止の仕切りとして、細いワイヤーが張ってある。

そのワイヤーに、何かがたくさんぶら下がっていた。

歩み寄って、たしかめる。

ぶら下がっているのは……小さな南京錠だった。

「おまじないらしいよ」

星月さんが横に来て言う。

「カップルがね、『いつまでも一緒にいられるように』っていう願をかけてやるんだって」

「鍵をかけるってことか？　ロック的な」

「たぶん」

「怖いな」

「そういうこと言わない」

でもね、と彼女が続ける。

「今は禁止されてるのはなぁ」

「たしかに、こういうのがジャラジャラ付けられてるのはなぁ」

「でもお願い自体は素敵だと思うの。だからさ」

言って、人差し指と親指を半分の輪の形にしてワイヤーにくぐらせた。

「新海くん、こうやってみて」

「……？」

とりあえず、そうした。

「もうちょっと人差し指を曲げて」

曲げた。

「それでね」

星月さんが同じようにした指を寄せてきて、ぼくと指先同士をくっつけた。

ハート。

二人の指がくっついて、ハートの形になった。

ぼくがとっさに離そうとしたとき、

「待って」

星月さんが止める。

それに従ってしまったのは、彼女の声が思いがけず真面目なものに響いたからだ。

振り向くと、彼女は笑みを浮かべて、

「シャレだよ」

と言う。だからやっておこうよ、と。

どうしてだろう。その茶化す表情はかすかに不自然で、ぼくはそこに引きつけられてしまう。

ごくりと息をのみ、いくらか我に返って目を逸らす。

先の視界に、指と指を合わせたハートの輪があった。

「ハートってさ、命でもあるじゃない」

彼女がなにげないふうに言う。

「そうだな」

ぼくは特に何も考えずに返す。

あたりは嘘かと思うほどの靄に覆われていて、近いところの水蒸気が嵐の雲のごとくごうごうと流れている。

張り詰めたワイヤーをくぐらせたぼくたちの指の輪は、嵐に飛ばされないようにつないだロープの結び目のようにも映った。

3

「おー、お待たせお待たせ」

健吾が、トレイに特盛のきつねうどんと特盛カレーを載せてやってきた。

昼休み。食堂はいつものごとく賑わっている。

「いただきます！」

向かいに座った健吾がぱしんと手を合わせ、白いうどんを勢いよくすすりはじめる。

あれくらいの量ならぼくでもなんとかなるけど、こいつは二時限目の終わりに弁当をたいらげているはずで、部活前にもパンとかを食べるはずだ。いつもながら強豪野球部員の食欲はすさまじい。

健吾は幼なじみで、ぼくが一度目に今治に来た小学三年生のときからのつながりだ。元々育ちの良さから朗らかで社交性の高かった健吾は、イケメンの野球部レギュラーに成長した。

ぼくたちはしばらく、空腹を満たすことに集中する。

健吾がカレーの山を消していく。ペースは早いのに食べ方が妙にきれいな印象だ。そういうところも女子の好感度が高いと成美が言っていた気がする。

「ヨッシー」

健吾はぼくのことをそう呼ぶ。良史だから、ヨッシー。

「交際、順調か？」

成美とのことだ。ぼくと健吾と成美。この三人が小学生からの仲だ。

「まあ」

「ちゃんとデートとかしてるか？」

「えーと、前の週末、フジグランに」

「昨日、一昨日は」

「ちょっと用事があって」

土曜は星月さんとミッションに行き、次の日は勉強したり趣味で始めたギターで潰れた。

「じゃあしょうがないけど……近場だけじゃなく、たまには松山とか連れてってやれよ？」

「お前、どこポジションだよ」

ぼくは苦笑でツッコむ。

「まあ、部室とか神社で話したりしてるからさ」

意外とそういうことで大丈夫なんだなと気づいてきた。

「お前は、付き合ったりしないのか？」

ぼくは健吾に水を向けた。イケメンで野球部レギュラーのこいつは、すごくモテる。ラブレターも日常的にもらっているし、ぼく自身、知らない女子から告白の手引きを頼まれたことがあった。

「あー……まあ」

軽く目が泳ぐ。

「なんだろうな……」

とたんに歯切れが悪い。

「お前、いくらでも選べるだろ。かわいい子もいっぱいいるじゃん」

「やあ、つっても、好きでもない子と付き合うのはな」

言いながら、スプーンから箸に持ち替えようとする。

「好きな子とかいるのか？」

とたん、健吾が箸を落とした。

「マンガかよ」

ぼくのツッコミと健吾の爆笑が重なった。

こいつの笑い声はよく通る。食堂中に響いているのがわかった。

「いやー青春！　なんか青春っぽい話してるな俺たち！」

かんかんと声を渡らせながら、ふいに誰かをみつけた顔で手を挙げる。

「おー、成美！」

振り向くと、入口からこちらに来ようとしていたらしき成美がいた。

恥ずかしそうな表情を浮かべつつ、渋々と寄ってくる。

「その流れで声かけるのやめて……」

成美の抗議を健吾はさらりと受け流し、ぼくを指さす。

「もっとデートに連れてってやれって言っといたから」

「マジやめて」

ドスをきかせた成美に、健吾がおどけて肩をすくめる。

カウンターから戻ってきた成美のトレイには、親子丼が特盛で載せられていた。

ぼくの隣に座り、レンゲを使ってもくもくと食べ始める。ぼくの幼なじみは、どちらも大食いだ。

普段は「怒ってるの？」と聞かれる成美の表情も、食べているときはじんわりと幸せオーラがにじんでいる。それがぼくは、ちょっといいなと思っている。

「運動してないのに、よく太んないよなあ」

健吾がしみじみ言うと、成美は顔からさっと幸せオーラだけを消し、

「……ちゃんと太りますが何か」

「えっ」

ぼくと健吾の声が重なる。

てっきりそういう体質なのだと思っていた。だって、ぜんぜん太っているように見えない。

ぼくと、同じことを考えたのだろう健吾のまなざしが、該当部分を探そうとして——ある一点に吸い寄せられてしまった。

成美が大きな胸を隠す。

「最低」

「いやいや、たまたまだって！」

「男はしょうがないんだって！」

成美に睨まれ、ぼくと健吾は必死に言い訳する。

ぼくたち三人は、こんな感じだ。

ぼくと成美が付き合うようになってからも、それは変わらない。

自然なふうでもあるけど、三人が三人ともちょっとずつ気をつけて成立させている部分もあるかもしれない。でもそれって悪いことじゃないと思うんだけど、どうだろう。

教室に戻って席に着くと、星月さんがくるりと振り向いてきて「机の中を見て」というジェスチャーをする。

それで見てみると……二つに折った紙が入っていた。手紙だ。

彼女を見返すと、にやにやしている。

げんなりしつつ広げると、紙には一行、こう書かれてあった。

次のミッション：ユーカとの今治城お散歩をプレゼント♡♡♡

ハートの三連続が、うざいことこの上なかった。

4

放課後、ぼくは自転車で集合場所に向かっていた。

学校からそのまま一緒に行くと、いろんな人に見られて気まずいというか、よけいな誤解を生んでしまうだろう。

そんなぼくの説明に星月さんは「たしかにそうだね」とうなずいた。

というわけで、いったん家に帰ってから今治城前にあるファミマに集合ということにした。

いつもの大通りを駅と逆方向に走ると、大きな赤い門のようなものが見えてくる。あれは船を停める桟橋だ。つまり、あんな近くに海がある。

右に折れ、商店街を横断すると、道路沿いにある港に出る。港といっても狭いもので、岸には小さなボートが並べてつながれているだけだ。でもそれがなんというか、港町、という懐かしい風情を醸している。

そこを抜けると、大きなカーブ。

「――――！」

自動車が、ひやりとする距離で追い越していった。

多い。

——危ねえ。

東京から今治に来て感じた違いの一つは、車の危なさだ。東京のドライバーのほとんどが歩行者優先で、その存在に常に気を張っているのに比べ、こっちのドライバーはそのへんの意識が薄く、たとえば住宅街の十字路も、歩行者を警戒せずに突っ込むことが多い。

最初に比べればぼくもわかってきたけど、今でもたまにどきっとする瞬間がある。

カーブを抜けると、ファミマの緑が見えてきた。

その広い駐車場にぽつんと立つ、星月さんが見えた。

ぼくに気づいて手を挙げ、翼をはためかす。白い羽が、色づいてきた陽差しの中でふわふわとした質感で浮かんでいる。

「今治ってすごいよね！」

合流するなり、ほらみて！　とばかりに両手を広げる。

右手側にはぼくが走ってきた港が見え、左手側には——堀に囲まれて建つ、立派な今治城があった。

「どっちか片方でも観光地として成立しそうなのに！　すごいよ！　一カ所に要素固まりすぎだよ！」

「だよな！」

ぼくは思わず言っていた。最初にここに立ったとき、まさしく感じたことだった。風情のある港町の風景と、悠然とそびえるお城の風景。この駐車場に立つと、右と左でそれぞれを見ることができる。観光的な要素が集中して、なんとも贅沢だと感じていたのだった。

「新海くんも思ってた？」

「おんなじこと思ってた」

「ね、いいよね！　わたしこの町好きだなあ」

つぶやく笑顔が光っている。ほんとに好きなんだということが伝わってきて、なんだか胸がくすぐられた。

「今治城、行ったことある？」

彼女の質問に、我に返る。

「いや……初めてだな」

「ほんとに？」

「ほんとにってなんだよ」

星月さんはじっとぼくの目をみつめてから、少し首を傾げる。

「じゃあ、ユーカが初だね」

「だからなんだ」

「彼女さんに悪いですなあ」

この前、部室で成美と鉢合わせたときに、ぼくとの関係性の空気を正しく把握したのだろうか。

「前から知ってたよ」

彼女がにこりと笑う。

「あ、そう」

応えながら、胸の中のほんの一部分だけ空気が薄くなった感じがした。なんだこれ。

「では、まいりますか」

「ああ」

そこでぼくは、はたと思い出す。

「ごめん、シャーペンの芯買っていい？」

「今？」

「忘れないうちに」

「あえて忘れて、その後思い出す努力をしようよ」

「なんの脳トレだよ」

「脳トレしようぜ？」

「なんでマッチョのポーズで言うんだよ」

なんて話しながら、コンビニに入った。

文房具エリアに向かう。狭い棚の間を、星月さんは器用に羽を折り畳んでついてきた。

「そういやさっき」

ぼくは吊されている筆記具から芯を探しながら、話の隙間を埋める。

「そこのカーブで車とすれすれになってさ。やべっ、てなった」

腕を摑まれた。

「えっ」

思わず口に出して振り向くと——

「気をつけて」

星月さんが、いつになく張り詰めた顔をしていた。

「車には気をつけて」

見上げてくるまなざしが、腕を強く摑む指と同じ質感を帯びている。その急な変化は何かのネタ振りかとも思えたけど、彼女はただごまかすように微笑んで、腕を放す。

「気をつけなきゃ、ダメだよ」

ぼくは戸惑いながら、ああ、と応えた。

レジで会計を済ませ、テープを貼っただけのシャーペンの芯をポケットに突っ込む。

「じゃ行くか」

「うん」

出口に向かう。——直後。

外の駐輪スペースで自転車を駐めている、成美と目が合った。

その目線がすでに、ぼくに事情を問うている。

星月さんに振り向く。彼女はあらら、というぐらいの困り具合を浮かべていた。

ぼくはかなり気まずい。なぜならＬＩＮＥで「用事がある」とだけ告げて部活を休みにしたからだ。

星月さんとのことを内緒にしたのは、それを話しだすとミッションのことも絡んでややこしくなるからで、他意はない。

「…………」

コンビニから出てきたぼくたちを、成美が無言で迎える。

「違うぞ」

ぼくは言った。

「そういうことじゃないから」

「そういうことって何」

——怖。

成美は普段から機嫌が悪そうに見えがちだから、怒っていても表情にはほとんど差がない。

ただ、声には出る。

「土曜日も、星月さんと出かけてたんでしょ」

心臓が一瞬で縮んだ。

「……なんで？」

「隣のおばさんから聞いた。駅で二人乗りしてたの、ちょっと噂になってるよ」

たったそれだけのことが噂になってるのか――。ぼくは田舎の怖さの一端を思い知った。

「知ってて、なんで言わなかったんだ？」

「良史が何も言わなかったから」

――怖っ！

「ごめんね、村上さん」

星月さんが入ってきた。そのテンションを表すように羽が垂れている。本当に尻尾みたいだ。

「実は、わたしから新海くんにお願いしてることがあって……」

と、

「あっ！　何かは言えないんだけど！　ごめん！　でも秘密っていうか……えーとね、

変な意味じゃなくて……その……――すいませんでしたあっっ!!」

膝に頭突きする勢いで頭を下げた。気合いの証なのか、翼がバサアッ！　と広がり、ぼくの腕にぶつかる。必死で何もない表情を作った。

「ぶっ」

その吹き出すような音は、ぼくの口からでなく――成美の口から出た。

あわてて笑いを止めたふうに唇が緩んでいる。こんな成美の表情、久しぶりに見た。

ぼくの視線に気づいて取り繕い、成美はぼくと、星月さんの背中を順にみつめる。

それからふいに表情を引き締め、ためらうような間を置いたあと……ぼくに向かって、こう言った。

「それは、星月さんの背中に羽があることと関係しているの?」

5

「こんなの、うかつに突っ込めないじゃない」

「だよなあ」

成美にも星月さんの羽が見えていて、黙っていた理由もぼくと同じだった。

ぼくと成美が同じクラスだったら、もっと早く確かめ合えていたかもしれない。ともかく、ファミマのわきでぼくは成美に事情を説明した。

「……天国に帰るためのミッション、か」

「ごめんなさい！」

星月さんが成美に手を合わせる。

「そんなわけで、土曜のアレとか今日のコレとかは略奪愛的なアレとかコレではなく、新くわっ、」

噛んだ。

新海くんと言おうとしたのだろう。

星月さんはやっちゃったという感じで斜めに顔を伏せ、目を閉じている。

「噛んだな」

あえて言うと、星月さんがふっ、と吹き出す。

そんな彼女のしぐさや表情を、ぼくは楽しい気持ちでみつめる。そのとき、

「私も協力したいんだけど」

成美が言った。

振り向くと、成美が星月さんに対して控えめで友好的な笑みを浮かべている。

「手伝えることはある？」

「めっちゃあると思う!!」

星月さんが、成美の手をがしっと両手で包む。

「ありがとう村上さん！」

バサッ！　と翼が広がり、またぼくにぶつかった。

「あっ、ごめん」

「…………」

ぼくは憮然としながら羽を摑む。

「きゃっ、えっち」

「うるせーよ！」

そんなぼくたちのやりとりを、成美が無言で見ていた。

なんとなく気まずくなって、仕切り直す。

「じゃあ行くか、今治城」

「うん。村上さんは今治城行ったことある？」

星月さんが成美に聞く。

「毎年、初詣に。敷地に神社があるから」

「そうなんだ」

ぼくたちは自転車の鍵を差し、ハンドルの向きを転じる。

残暑の空を背景に、鈍色（にびいろ）の瓦と白い壁の威容が映えている。

「あの近くって、ちょっと海臭いよね」

「海だからね」

成美がすかさず言う。

「今治城は『日本三大水城（みずじろ）』の一つ、堀に海水を引いた水城なの。なんで海水を引いたかっていうと、船を直接あそこまで入れるため。今治が海上の要所だからこその構造ね。城は築城の名手といわれた武将、藤堂高虎（とうどうたかとら）の手によるもので、各所に配置された枡形はじめ、彼の建築の特徴が色濃く反映されている。ちなみに堀に二匹のサメが迷い込んで、ニュースになったことがあるわ」

押し寄せた蘊蓄（うんちく）に、星月さんが表情を止めている。

成美は地元ラブで、たまに引くぐらい今治のことに詳しい。

「でもなんで、ぼくと成美にだけ見えてるんだろうな、羽」

それが不思議だった。

「さあ……」

成美も思案顔になる。

ぼくと成美にだけ天使の羽が見えている理由は、どこにあるんだろう。

「おー！」

ふいの声に振り向くと、目の前の道路で健吾が自転車のブレーキをかけたところだった。

自転車を降りてこっちに来る。星月さんの存在をちらりと気にした。

「部活は？」

ぼくが聞くと、

「監督に休めって言われた」

「どうした」

「や、単純に疲れが溜まってんだよ。根詰めすぎた」

答えながら、また星月さんを気にする。ああ、初対面だったな。

「同じクラスの星月さん」

「お、おう……」

なんだろう。妙に緊張している。こいつらしくなかった。

「初めまして、越智(おち)健吾です」

「星月優花(ゆうか)です。ユーカって呼んでください！」

笑顔の勢いに合わせて、翼がふわっと弾む。

同時に、健吾の目がそっちに動いた。

——ん？

それを捉えて、ぼくは健吾に注目する。

と、健吾はぼくと成美を交互に見ながら、

「な、なに？　なんでもないけど？」

イケメンのスポーツマンな上に家が金持ちであるこいつにも、いくつか残念な点がある。

そのひとつが、ものすごく嘘が下手、ということだ。

もちろんそれは成美も知っている。ぼくと同じ可能性を考えていることが空気で伝わった。

ぼくは星月さんにそっと耳打ちする。

「羽、おもいっきり動かしてみて」

「？」

となりつつも、彼女は異様な素直さで、

バサッ！

大きく翼をはためかせた。

健吾の目が瞬時に動き、それを追った。もしかしたら、野球をやってるせいかもしれない。

ぼくと成美はアイコンタクトで認識を共有する。

「お、俺、ファミチキでも食べよっかな。ファミチキっとこっかな」

健吾は首筋をかきつつ、露骨に挙動不審になっていた。

まさか――お前もなのか？

第3話　好きだからだ

1

ぼくたちは健吾（けんご）の部屋にいた。

古い木の匂いのする八畳間に絨毯を敷いた部屋には、必要最小限の家具が飾り気なく置かれている。細い本棚には少ないマンガと、もっと少ない小説と、少年野球時代の写真と盾と、一瞬ハマったというプロペラ機のプラモが二機。ぼくにとっては、すっかり見慣れた風景だ。

「やー、マジほっとした」

健吾がベッドに寝転んでいる。自分の部屋の気楽さでごろごろしつつ、

「天使が天国から落ちてきたってアレだな！　マンガだな！」

「声でけーよ」

ぼくは注意した。下におばさんもいるのだ。

「あとそれ、さっきも言った」

健吾が口許に手をやったあと、大きく朗らかにはにかむ。

存在が太陽だった。全体的に大きい感じがして、春の陽みたいに柔和だったり夏の陽みたいに熱くなったりしつつ、どこか抜けていたりもする。

「でもなんで俺たちにだけ見えるんだ？」

健吾の疑問は、ぼくたち全員の思いだった。

「星月（ほづき）さん思い当たること、ない？」

「それは……えーと……」

健吾の問いに、彼女はそわそわと悩み、

「ぎゃっふーう！」

ぼくの二の腕にパンチした。

「なんでだよ！」

ぼくのツッコミに笑いつつ、

「ユーカにもわからないよ」

とりあえず、そういうものと受け止めるしかないらしい。

それからぼくは、健吾にもこれまでの事情を説明した。

「――で、しまなみ海道に行ったのか」

「ああ」

ぼくが健吾に答えると、

「すごかったですよ！」

星月さんがすっと加わった。

入り方がうまい。積極的なコミュ力。

「橋が大きくて目まいがしそうで！　海が広がってて、島が神秘的で、そこの家とか含めて昔話的っていうか、神様いそうだなって！　あと展望台やばかった！」

「糸山公園？」

「亀老山の方です」

「あ、そこまで行ったんだ」

「はい！　でも途中軽く道に迷って、とりあえず行ったら高速の料金所みたいなところがあって……」

職員に怒られてタクシーに乗ったくだりまでをテンポよく話す。

「一人、一七五〇円かー」

健吾が高いなあというふうに上を向く。

「でも貴重な経験ができましたよ」

「眺めはどうだった？　すげかった？」

「霧が濃くて、ぜんぜん見えませんでした」

「マジか⁉」

「マジっすよ」

星月さんと健吾が顔を突き合わせる。

「でも、逆によかったです。なんか壮大で。霧がこう、わーって流れてて」

星月さんが両腕を右から左に大きく動かす。

「わーっとか」

健吾も同じように腕を動かす。

「わーっとです」

星月さんがもう一度やる。

「それはすげえな」

健吾が大まじめな顔でうなずく。

すごくアホな光景だった。

二人は波長が合うらしい。どちらも太陽属性。

ぼくはこういうキャラにはなれないなと、ふと思う。自分がこうなるとしたら、どんなときだろう。落ち込んでる誰かを元気づけたくて、無理やりテンション上げるとかだろうか。

「小さい頃行ったきりで、覚えてないなぁ」

成美（なるみ）が言うと、

「俺、一回もない」

健吾が続く。

「そうなの？」

「ああ。しまなみ海道チャリで走ったこともないし」

「私もないわね」

そのとき、成美がはっとなって——ぼくを見た。

「ねえ、いいかもしれない」

「何が？」

「みんな行ってないじゃない、そういうとこ」

「まあ、かもな」

「そうなのよ。だから行って、体験記みたいに書くのよ」

なるほど。次の新聞か。

「『地元の人間が地元の観光地に行ってみた』みたいな」

「そうそう。読んだ人が地元を再発見して『今治(いまばり)いい』って思えるような」

「出た、地元ラブ」

ぼくのいじりに、成美はただ真面目に困った表情を浮かべた。それでぼくも困ってしまう。成美にはノリが通じないときが結構あった。ぼくも覚えないといけないんだけど。

「なんの話だ？」

健吾が聞いてくる。

「部活。そういうの次の新聞にしたらどうかって」

「それな！」

「それなってなんだよ」

「面白いじゃん、地元の名所巡り。しまなみ海道とか、あと市民の森？」

「あれ名所じゃないだろ」

「あっ、次のミッション、市民の森です！」

星月さんが言う。

「マジか！　行くしかないな！」

「ないっすね」

健吾と星月さんがコントみたいにうなずき合う。

「よし、決まり。みんなで市民の森、行こう」

健吾が体ごとぼくに向いてきた。

「ミッションやれて、新聞の記事も書けて一石二鳥だ。うん。――というわけでさ」

もたれかかるように肩を組んできた。

「俺らも入れてくれよ。なあ、星月さん？」

「えっ、ほづきちもよいのでありますか？」

「なんで軍人口調なんだよ」

　ぼくはツッコむ。

「よいのであります！」

　健吾が敬礼する。

　星月さんが敬礼する。

　そして二人で、敬礼を返した。

「……いいけど。ミッションはやらなきゃいけないし」

　健吾がにかりと笑う。

　昔からこういう奴だ。輪を作ろうとする。ぼくが転入してすぐ歓迎会兼バースデーパーティーを開こうと言いだしたのもこいつだし、なんて言ったらいいんだろう、広い意味で育ちがいいってことの気がする。

　ぼくは成美の意思を確認する。

　目が合うと、ちょっとだけ間を置いて、うなずいた。

「よーし！」

　健吾が立つ。寝ていてもでかいが、立つとまたでかい。

「じゃあ今からみんなでフジグラン行こうぜ！」

　ＣＭみたいな言い方だなと、ちょっと思った。

「星月さんはフジグラン知ってる？」

「遊ぶところ?」

「そう!　映画もゲーセンもボウリングもツタヤもビレバンもあるエンターテイメント商業複合施設のフジグランに、みんな行こうぜ!」

完全にCMだと思った。

「――待って」

立ち上がろうとしたぼくたちを、成美が止める。

そして、神託を受けたジャンヌ・ダルクのような厳かな面持ちで告げた。

「玉屋に行きましょ」

「玉屋って……かき氷の?」

「星月さんは行ったことある?　玉屋」

星月さんが横に首を振ると、

「実はね」

成美は目と目を合わせながら、人生の真理を伝える教育者のまなざしで、

「今治にはいろいろ名物があるけど、一番食べるべきなのは皮焼き鳥でも焼豚玉子飯でもひょっとしたら鯛ですらなく、かき氷かもしれないってくらい美味しいかき氷屋さんが二軒もあるの。そのひとつが――玉屋」

星月さんが、ごくりと息をのむ。

「ここのミルクセーキかき氷はね、ふわりと溶ける舌ざわりと、まろやかでクセになるミルクセーキの甘さがたまらない、ここにしかないかき氷なの。超おいしい。ボウルと泡立て器（ホイッパー）を使った独特の製法にも一見の価値があるわ」

「……単にお前が食べたい気分になったんだよな？」

ぼくと健吾は共通のまなざしを向けるが、成美は眉ひとつ動かさない。こうなった成美を止めるのは、ぼくたちには無理だ。

というわけで、ぼくたちは平日の夕方、時折訪れる地元民や観光客に混じってミルクセーキかき氷を食べたのだった。

2

そして、ミッション兼部活動が始まった。

「蓮(はす)って、めっちゃキモキモいな！」

「キモかった！」

健吾と星月さんが共感している。

月曜の放課後、ぼくたちは市民の森を訪れ、その一番の高台に向かっているところだった。

「キモいっていうか、グロい」

「モネの見方変わる勢いだよね」

睡蓮の作者までディスりだした。

まあたしかに、水面にびっしり集まった丸い葉は何か巨大化した微生物とでもいうような気持ち悪さがあったけど。

話しながら蔦(つた)の絡んだ緑のトンネルを上っていくと、ほどなく市民の森の頂上エリアに至った。

「おぉー」

星月さんが「やや良い」ぐらいの声を出す。

たしかにそのくらいの眺めだった。

芝の生えた狭いスペース。眺望を楽しむためのベンチが二脚並んでいて、低い柵の向こうに森の景色や市街がそこそこに見渡せた。

「国際ホテル！」

星月さんがイオンの向こうにそびえるビルを指さす。緑色の屋根をした、今治市のランドマーク。

「どっからでも見えるなあ」

ぼくはつぶやく。他に同じくらい高い建物がないから、市街にいるとだいたい目に入る。

「遠出から戻ってくるときあれが見えると『ああ帰ってきたんだな』って思う」

成美が言いつつベンチにバッグを置き、中から白いビニール袋を取り出した。

「メランジェ買ってきたの」

メランジェというのは、オガワベーカリーというパン屋の看板メニューで、地元ではそれなりに有名だ。

「自分とこのでよくなかったか？」

成美の家はパン屋だ。それならタダだったんだけど——

「これが食べたかったの」

成美相手に愚問だった。

「太るぞ」

成美に睨まれ、健吾が「ひいっ」と大げさなリアクションをした。こいつは他の女子に対してはすごく紳士なのに。それだけ付き合いが長いということだろうか。

一三〇円と引き替えにビニールに入ったメランジェを受け取る。

シンプルな楕円のソフトフランスパンは、焼き目からも素朴な匂いがする。かぶりつくと、やや硬めの生地と、しっかりした生クリームが口の中に広がった。パンもクリームも素朴な、なんの変哲もないパンなんだけど……

「なんだか、するする食べられます」

星月さんが言う。

そう、この「ふわりとした甘い香り」などとは無縁の地味で無骨なメランジェは、不思議とするするいける美味しさがあった。

「でしょ」

成美が食べながら笑む。

「白髪混じりのおじさんが焼いてるんだけど、いかにもその人が作ったっていう……

『オヤジのパン』って感じがして、いいのよね」

「たしかにオヤジのパンって感じします！」

「あと、丁寧語じゃなくていいから」

「はい――うん。じゃあわたしのこともユーカで！」

「わかった」

高台の風に吹かれながら、ぼくたちはベンチに並んでメランジェを食べた。

「そうだ」

成美がはたと気づく。

「星月さん、ここから天国帰れそう？」

聞かれた彼女は、パンをくわえたまま目を見開く。

「忘れてた！」

「忘れんなよ」

ツッコむと、彼女は笑いつつ残りのパンを押し込み、口をもこもこさせながら立ち上がる。

それから数歩進み出て、あごを持ち上げるように空へ向き、肩の線を膨らませる。たたんでいた翼がしなやかに広がり――

バサ、バサリッ。

と、空気を地面にぶつけた。芝がなびき、ぼくたちの顔にも音と風が当たる。

「おお……」

健吾と成美が揺さぶられたまなざしをしていた。初めて見るきちんとした翼の挙動。女の子の背中に羽があるという――本物の天使の存在をリアルに実感したんだと思う。気持ちはわかった。

「………ダメっぽいかなぁ」

星月さんが遠慮がちに言いながら、バサバサと続けている。

「！　あっ」

成美の声に振り向くと、メランジェを入れていたビニール袋が宙に舞っていた。

健吾が立ち上がり、捕まえようとする。と、同じく動いていた成美と至近距離で向き合う。

瞬間、弾かれたように健吾がバックステップした。やたらあわてた顔をして、それから気まずそうに頭をかく。

転がるビニールをぼくが踏んづけて捕まえると、みんなが「おー」と拍手した。

そのあと、三島神社に寄った。

「よくこんなところ知ってたな」

ぼくが言うと、隣に座る星月さんがドヤ顔でサムズアップする。

たぶん地元の人間でもあまり来ない場所だ。

田んぼの前にあるこの神社にはまっすぐのびた長い石段があって、上りきった段差に、ぼくと成美と星月さんの三人で座っている。健吾は境内をうろついていた。

「ここ、話しやすいね」

言って、星月さんが前を指さす。

「そこがポイントだね」

高い位置だから田畑の景色が見渡せるけど、そこに森の枝葉がかかり簾（すだれ）のようになっている。

「眺めがいいだけじゃない、いい感じの目隠しになってて落ち着く」

「ああ」

同感だった。

「静かだし」

「うん」

実は何度か来ている。成美のお気に入りで、放課後たまに寄ってだらだら話をする。

「だめですよ星月さん」

うしろから健吾がおどけた口調で、

「そんな仲良く話してると、成美に怒られますよ?」

星月さんもわざとらしく「はっ!」とする。

「ささ、ほづきちさん、あとは若い二人に任せて」

「そうですのう」

「いいって」

去ろうとする二人を止めた。

健吾は気の回しすぎだと思う。成美も困った表情で黙っていた。

「じゃあ御手洗(みたらい)のところにセミの死骸が浮かんでたから、みんなで見に行こうぜ?」

それは全員でお断りした。


健吾の野球部の休みに合わせて、活動は毎週一度に決まった。

次の週には、今治タオルを作っている工場見学に行った。

記事の目的を説明すると、快く応じてくれた。

大きな部屋で、ぶ厚い駆動音に包まれている。

たくさんの工業機械が一定の早いリズムで動く響きは、大きな船の機関室(エンジンルーム)を連想させた。

緑色のリノリウムの床にタオルの織機が何列も設置されている。各機の上には天井から扇状に広がる糸の滝がつながっていた。

その滝の横では蛇腹のように折り重なった茶色いシートが垂れていて、ゆっくりとスクロールし続けている。

「あの天井で動いてる茶色いシートはなんですか?」

成美が背の高い工場長に聞く。

「あれで機械に命令を出してるんですよ」

言って、指さす。

「ほら、穴が開いてるでしょう? あれを読み取って、そのとおりに織機が動いてるんです」

「パンチカード、でしたっけ?」

ぼくは聞く。

「なんか昔の機械って、そういうのがあったって」

「そうそう。新しいやつはこういうんじゃないんですけど。柄を変えるときは別のに交換します」

成美がスマホのカメラを向ける。ぼくも向けて、撮った。

液晶の中でシートがスクロールし続けている。

「すげえな」

健吾がつぶやく。

たしかに、今でもこういう技術で動いてるんだ、と新鮮な驚きがあった。

「で、織られてるのが、これです」

下を向くと、制作中のタオルがあった。

「機織り(はたお)の要領ですね。縦糸に横糸を通してバンバンッて」

「鶴の恩返し的な?」

「そうそう。それを自動的にやってます」

弦楽器のように等間隔に張られた縦糸の上で棒が振動し、じわじわタオル地に変えていく。それはプリンターで写真を出力しているときの様子に似ていた。

成美が熱心に写真を撮っていると、工場長が、

「さわってみます?」

「いいんですか?」

「ええ」

言われて、成美は指先をそっとタオル地の上に置いた。

「……あっ、やわらかい……」

思わず出てしまったという、心地よさそうな声でつぶやく。

ぼくもふれてみた。たしかにやわらかい。さらさらでふわふわ。日頃使っているタオルよりもずっと高級だとわかった。

すると健吾が、

「……あっ、やわらかい……」

成美の真似をして、本人に睨まれていた。

ぼくは、星月さんが近くにいないことに気づき、姿を探す。

ちょっと奥のところで、タオルができていくさまをぼうっとみつめていた。

機械の動作を見張っている作業員さんの前を通り、そばへ行く。

「どうした」

「あ、うん……」

彼女にしては珍しくあいまいな反応をした。

そのまなざしは、編まれていくタオルから動かない。

「こういうふうに作られてるんだなって」

「なんかすごいよな」

「うん」

「感触、すげえいいんだぜ」

彼女が振り向いてくる。

「さわってみた？」

首を横に振る。

ぼくはタオルに指の腹を置き、右に撫でた。

「さわってみ」

彼女は小さくうなずき、ぼくと同じように指を置いた。

「すごくないか？　さらさらでふわふわで。やっぱ今治タオルって有名なだけあるな。クオリティ高いよ」

すん――と鼻をすする音が、機械のざわめきに混じって聞こえた気がした。

小さく動いた彼女の横顔は、なぜか泣く手前の湿度に映った。ぼくは疑問に思うよりも先に――

その横顔が。

ひたいから鼻筋、うすい唇から細いあごの線が。

潤んだ瞳の艶やかな黒さと光が。

突然、とても美しいものに感じた。

彼女はぼくの視線に気づいて、笑みをひとつこぼし、

「……あっ、やわらかい……っ」

成美の真似をした健吾の真似をした。

何かをごまかそうとしていることはわかったけど、こういうときにおどける機転のあり方が、ぼくの胸に風のように迫った。

「あっちでも成美の真似してるぞ」

「違うから」

健吾と成美が言いつつ合流し、ぼくたちはまた四人で工場の見学を続けた。

星月さんはぼくたち三人の中にしっくり馴染んで、前からそうだったんじゃないかってくらい自然で居心地のいい関係ができあがっていた。

3

『今治タオル工場探訪記』

『フジグラン、ミスドがやたら強い問題』


ノートパソコンの画面に、記事のレイアウトが表示されている。

ぼくたちは部室で新聞の編集作業をしていた。

「写真、このへんか？」

「そうね」

いつものように成美と横並びになってソフトを操作していると、

「おおー……」

うしろからのぞき込む星月さんがストレートに感嘆する。

「すごい、ほんとの新聞みたい！」

左耳にふれる彼女の声が、すぐ近くにいるという感覚が、ぼくの体の中をふわりとさせる。春の空気を吹き込んだ風船みたいに。

「べつに編集ソフトでやるだけだし」

「わたし、こういうのぜんぜんだもん」

ちょっとした会話で、ものすごくテンションが上がる。

あの工場見学のとき以来、ぼくはこんなふうになっていた。

「ちょっとだけやってみるか？」

そして懸命に、なんでもないフリをしていた。

「さわったとたん、ボンッ！ってなったりしない？」

「昭和かよ」

こうしてツッコむやりとりが、きれいな石をみつけたように嬉しい。

ぼくは席を立ち、星月さんに座るよう促す。

「じゃあその見出しを選択して、クリックしたまま下に……スマホやってるから、わかるだろ？」

「こう？」

「そう。で、そこでフォントいろいろ変えられるから」

「あっ、字の形が変わった！へえーっ」

変わっていくフォントの形を見ながら、ほう、と言ったり笑ったりする。その声が、横顔が、眩しかった。

ガラッ。

引き戸が勢いよく開く。

「おーやってるな」

健吾がユニフォーム姿のまま入ってきた。

今日は普通に野球部だけど、時間をみつけてはこうしてまめに顔を出す。

「何やってんの、ほづきち？」

星月さんの横から画面をのぞき込む。

「パソコン教えてもらってたの」

二人の口調はすっかりくだけている。

「『今治タオル工場探訪記』ねぇ」

読み上げた健吾がにやりとし、

「ちょっといい？」

身を乗り出し、タイピングを始める。その肩が星月さんとくっつく。ぼくの胸がチクリとする。

健吾が見出しに、こう言葉を付け足した。

『今治タオル工場探訪記　～あっ、やわらかい～』

星月さんが、ぷっと吹き出す。

「……あっ、やわらかい……ふわ、ふわぁ～」

健吾が、もはや原型ゼロのモノマネをする。

「ふわあーーー」

とたん、星月さんが大口を開けてのけぞった。声を出さずに上体をがくんがくん震わせて笑っている。

「……ご、ごめんっ……ナルちゃん、ごめんねっ」

星月さんは謝りつつ、まだ息苦しそうにしていた。

健吾がそこまで彼女からウケを取ったのが悔しくて、なんだか焦って、ぼくもなんとかして彼女から笑いを取ろうと頭を回転させる。と、ぼくはなにげなく視線を移し——

成美と目が合った。

瞬間、成美はただの偶然とばかりついと逸らす。

そういえばこのときまでぜんぜん成美を見てなかったと、ふと思った。

「やめてよ」

成美が健吾のタイプした字を、一字ずつ削除している。

4

神社の前に自転車を駐めた。

部活が終わったあと、ぼくは成美に誘われて三島神社に来た。

自転車に鍵をかけ、成美が先に歩きだす。鳥居の前でこちらに向き、目で促してきた。

ぼくも鍵をかけ、仕方なく急ぎめに追いつく。

対になった狛犬の間を通り抜け、境内までの長い石段に差しかかる。

今日は楽しみにしていたコミック新刊の発売日だから、神社に寄ったりはしたくなかった。そのことを伝えたにもかかわらず、成美が行こうと粘ってきた。それはとても珍しいことだった。

ぼくは石段を上りながら、

「どうかした?」

と、探りを入れる。

けど、成美は聞こえなかったというふうに無言。

互いに黙々と足を動かす。

……長い。

なんだろう。今日はやけにそう感じる。やっぱり早く書店に行きたいせいだろうか。

「そういえばさ」

成美がふいに口を開く。

「手とかつながないね、私ら」

「ああ……うん」

たしかにそうだと思ったから、そう応えた。

それきり成美は何も言わずに石段を上る。

だからぼくも、何も言わずに石段を上った。

そしてようやく、一番上にたどり着く。

小さな社が鎮座する、狭い境内。

ぼくたちはくるりと身を返して、石段と境内の段差部分に腰掛けた。

田んぼとアスファルトの道が見渡せるいつもの風景。星月さんがいいと言っていた枝葉の目隠し。

ぼくは特に話すこともないので、ぼうっとそれを眺める。

「昨日ね」

成美がいつもどおり、なんでもないことを話し始めた。

ぼくは「へえ」とか「ふぅん」とか相づちを打つ。

「――なんだって」
「ふうん」
スマホで時間を確かめたい衝動に耐える。
と……いつしか会話の温度が消え、空気が本来の透明度に戻っていることに気づく。
それは人を不安にさせる肌寒さだ。
ぼくが成美に振り向こうとした瞬間――
体に何かがぶつかってきて、ぐらっと揺れた。
何が起こったのか、わからない。
鼻先にかかる甘い香り。
眼下に流れるポニーテールの黒髪。
成美に抱きつかれていた。
肩のあたりに押しつけられた額の硬さをぼんやり感じながら、声が出せない。
ふいに顔を上げてきた。
「え」
ぼくが思わずつぶやいた直後、唇にやわらかなものが押しつけられた。
キス。
薄い皮膚の弾力と、不器用に当たる前歯の感触。

成美とのキスは初めてじゃない。いや、初めてなのか？　あまりの驚きで記憶が混乱している。

と、腕をつかみ、ぐいと密着してきた。ぼくの肘から脇腹にかけ、ふわりとして丸いものが押しつけられる。

驚きで麻痺していた感覚がはっきりし、自分に起こっていることを認識する。

胸だ。ぼくは今、成美にキスされながら、胸を押しつけられた状態でいる。あの大きな胸。

頭の中がどろりと溶けそうになる。甘いやわらかさが脳を突き刺すように加熱し、顔を火照らせ、心臓を膨張させ、意識を真っ白にして、何かをバチンと飛ばしそうになる。

その狭間がぼくの冷静さを呼び戻し、恐怖と認識させ——

とっさに身を引き、成美から離れた。

成美が目を瞠っている。

ぼくは耳の奥で激しい鼓動を聞きながら、おそらくはこわばった表情で、

「……なんだよ急に」

瞠っていた成美のまなざしが一瞬、痛んだようにぴくりと揺れる。

何か間違えたかと怖れるぼくの前で、成美は無表情にうつむき、

「……なんとなく」

聞き返すまもなく立ち上がり、駆け足で石段を下りていく。

鳥居の前で自転車に乗った成美が見えなくなってから、ぼくは………

自分の体に残る熱い疼き(うず)と向き合わされる。

それは火が消えたあとの赤い炭のような、行き場を失った牢獄の熱量だ。

背を丸め、息を乱し、歯を食い縛る。体を巡る衝動に、足の指をぎゅっと縮こまらせる。

「……くそっ」

そんな自分が、たまらなく嫌だった。

5

深夜になって、新刊を買っていないことを思い出した。

それを自覚すると、今の気分を紛らわせる刺激がほしくなって、ぼくはすぐに家を出た。

暗い道を自転車で走る。商店街の書店はとっくに閉まっているから、ファミマに向かう。人気作だからコンビニでも置いてるはずだ。今は少し遠回りしたい気分で、ちょうどいい。

港は人影もなく、夜の海が持つ原始の怖さを浮標(ブイ)や建物の灯りがちかりちかりと和らげている。その広い視界が、燻(いぶ)されたようなぼくの心をほんの少し解き放ってくれる感じがした。

海を過ぎると、ライトアップされた今治城とファミマが見える。

星月さんがいた。

ファミマの壁の、明かりがぎりぎり届くか届かないかのところで、座っていた。

彼女をみつけた瞬間、ぼくの中にあった靄が消え去る。弾むようにペダルを踏む。

「何やってんだよ」

目の前に来たぼくを、星月さんがぱちりと見上げる。

「おー、ちわっす。新海くんこそ」

「ぼくは、買い物だよ」

「ユーカは絶賛、ぶらぶら中だよ」

「…………」

星月さんはあっけらかんとした顔でいる。たしかに前にも聞いたし、ぼくも天使だからと納得した。

でも。

「……危ないだろ、やっぱ」

今はそんな理屈も忘れて心配になった。夜中ずっと、彼女が一人で外にいるっていうのは。

「なんかあったらどうすんだよ」

「平気だって」

「平気じゃない」

とはいえ、彼女には夜を過ごす場所がない。

――そうだ。

名案だと思った。

「だったら、うちに——ぶッ⁉」

　羽先を顔面にぶつけられた。

「今『ぼくの家に来るか？』とか言おうとしたでしょ？　エロい！」

「ちげーよ！　普通に心配してたんだよ！」

「彼女いる人が、そういうこと言うのは駄目です」

　おどけた調子ながら、星月さんからははっきり一線を引く意思が伝わってきた。

　その線に、ぼくは言い知れない痛みを感じた。

　と、彼女が地面に手をつけ、立ち上がる。

「じゃあ、また明日」

「どこ行くんだ」

「朝まで過ごす場所、一応あるんだ」

「どこ」

「内緒。静かでいいところだよ」

　言って、去ろうとした。

「送る」

　ぼくはとっさに口にしていた。

「危ないから」

言い訳だと自分の中で感じていた。

心配なのは嘘じゃない。でもそれより何より——少しでも一緒にいられる時間を延ばしたい、という願いだった。

星月さんは、どうしようかというふうに目線を上げる。

「途中まででいいから」

滑稽なくらい必死だった。

「……じゃあ、駅のあたりまで」

彼女が笑う。

ぼくの胸の内が、軽やかな空気に満たされる。

彼女がぼくの自転車の荷台を見てきた。

二人乗りをしたら、駅まであっというまに着いてしまう。そう気づいた瞬間ぼくは、

「歩いていこう」

と言っていた。

「暗いし危ないし——そう、いきなり羽バッサバッサやりそうだからな」

「やんないよ」

「いーや、やる。げらげら笑いながらやる」

憎まれ口っぽく言う自分が止められない。

彼女はむぅと唇をとがらす。

こんなやりとりが、世界で一番嬉しいことのように感じる。


港では、横一列につながれた小型ボートが波に合わせて揺れている。

ボート同士がぶつからないよう挟まれた発泡スチロールの浮がそのたびに擦れ、きゅきゅ、きゅきゅきゅ、と鳴った。

「海鳥みたいに聞こえるね」

隣で星月さんがつぶやく。夜の海を背景に、ほんのり青白く浮かんだ丸い頬。

自転車を押しながら、彼女と二人きりで夜道を歩いている。

この時間がずっと続けばいいのに。本気でそう思った。

どうしてだろう。

そのときぼくはふと、成美と過ごしていた夕方の気分を思い出してしまう。

神社に向かっているときから新刊のことばかりが頭にあって、並んで石段を上っているときも、話してるときも、早く終わらないかなとずっと考えていた。

——ぜんぜん違う。

成美といるときは、一度も今みたいな気持ちになったことがない。

「新海くん」

「……なに？」

「新聞、面白い感じになったね」

「そうか？」

「うん」

こんなどうでもいい会話が、たまらなく楽しい。

「ミッション、いろいろやったね」

「ああ」

「まず、しまなみ海道をサイクリングしたね」

「すげかったな」

「神様いそう」

「いそうだった」

「ナルちゃんと越智くんも一緒に、市民の森に行った」

「蓮がグロいって言ってたな」

「パンの袋が風で飛んで」

「そのあとガストで駄弁って」

「タオル工場を見に行った」

「あのとき、なんで泣きそうになってたんだ？」

「たぶん誰かがユーカの噂をしてたんだよ」

「なんでそれで泣くんだよ」

「平成ではそうなんだよ」

「意味わかんねえ」

笑いあう。

向かいから、軽自動車のヘッドライトが近づいてきた。

「新海くん、車」

ぼくのシャツをつかんで、内側に引いてくる。

「大丈夫だって」

車がホワイトノイズのような音とともに近づき——通り過ぎていく。

星月さんがゆっくりと手を離す。ぼくはひそかにどきどきしていた。

「……ミッションやってるときね、よく変な感じになるの」

「変な感じ？」

「前にも同じことあった気がするなあって」

「既視感？」

「うん。……新海くんは、そんな感じにならない？」

ぼくに振り向き、窺うように首を傾げてくる。その仕草に心がちょっと弾みつつ、

「……べつに」

「なるよ」

「なんねーよ」

わきに銀座商店街の入口が見えた。

ぽっかり白いアーケード通りは、こちら側が終点なこともあり本格的なシャッター街だ。真夜中の今は不安にさせる空虚さが漂っていて、ぼくはそこに入らず、奥の大通りを目指した。

あと少しで、駅に着いてしまう。

「そっか」

星月さんがなにげないふうにつぶやく。

そして、花がしおれるような自然さでうつむく。華奢なうなじに骨が薄く浮かぶ。

なんだろう——

その瞬間、彼女の姿が異様なくらい儚く映った。

消えてしまうんじゃ、という印象がよぎって、彼女がいずれいなくなる事実が初めてリアルに迫ってきた。

そう。彼女は、天使。

ミッションが成功すれば、天国に帰ってしまう――

ついさっきまで満ちていた幸福感が消し飛び、体中が焦りで蝕まれる。

「……ミッションさ」

話しかけると、彼女が見てくる。ぼくは逃げるように目を逸らす。

「どうしても成功させなきゃいけないのかな」

自分の硬い声が夜気を滑る。

「天国、絶対に帰んなきゃいけないのか？　そういう決まりとか、あるのか？」

このとき、ぼくは自分の気持ちをはっきりと自覚した。

眠りについたような大通りに、橙色の街灯が寂しくともっている。

隣から、何も聞こえてこない。

間に耐えきれず振り向くと――星月さんは、微笑んでいた。

これまで見たことのない、なんとも言えないかなしいまなざしをして。

「うん」

はっきりと、言う。

「このミッションは絶対に成功させなきゃいけないの」

強い意志のこもった鋭さに、ぼくの心が小さく裂ける。

それは切り傷みたいに、長い時間チクチクと疼くだろう。

なぜなら、とても単純で。
ぼくは星月さんのことが、好きだからだ。

6

星月優花（ゆうか）は、駅前で彼と別れ、一人で歩いていた。

彼女が毎夜、必ず立ち寄る場所へと。

駅を越えた通り沿いにある、成美のパン屋。

その隣に建つ、今治タオルの小売店である。

閉店した店のわき、パン屋との間にある狭い通り道に優花は佇（たたず）み——

二階の窓を見上げている。

そこには明かりが灯っていて、彼女の両親がまだ起きていることを示していた。

ここは優花の家だ。

だが今は帰ることができない。もしそうしたなら、父と母は知らない他人が入ってきたときの顔をするだろう。

なぜなら、優花の存在を忘れているからだ。

両親だけではない。

今の優花は『世界から忘れられている』。

本当は、成美も健吾も——新海良史も小学三年生のときからの幼なじみである。

そのときの優花は、天使の羽など持ってはいなかった。

ほどなく、優花はその場を去った。

いつものコースをたどり、夜を明かす場所へと向かう。

三島神社。

狛犬の間を抜け、鳥居をくぐり、長い石段を踏む。

こうして上るたびに、良史と二人きりで上ったあの日のことを思い出す。きらきらと幸せに満ちていた、はるか遠いあの時間を。

頂上に着くと、小さな社が鎮座する狭い境内がある。

か細い灯りのつくばかりの薄い闇に――見慣れた悪魔が待ち構えていた。

悪魔は、小男の外見をしている。

肌は焼けたように浅黒く、毛の量が多く、目玉のぎょろりとした中年男性の外見。

優花の姿を認めたとたん、歯をむき出す獣のような笑顔を作った。髪型含め、入口の狛犬にそっくりだと優花はいつも思う。

「どうもお疲れさまです」

悪魔が愛想よく言った。

「……何しに来たんですか」

「もちろん御挨拶に。差し入れです」

和菓子店の手提げ袋を持つ、その手首から先が——真っ黒い。

それは染料で塗りつぶした黒ではなく、空洞の闇。そこだけ世界が裂かれ、裏側の穴がのぞいている魔境の輪郭。

彼は、正真正銘の悪魔である。

「このみたらし団子、おいしいんですよ?」

全身から信用のできない気配がにじむ。ただの胡散臭い人間に限りなく似た——別のいきもの。そのわずかな齟齬（そご）が不気味で、体の芯を寒くさせる。

優花が動かずにいると、彼はむき出した歯を隠し、袋を引いた。

なぜ優花が今、世界から忘れられているのか。

それは、彼と交わした一つの《契約》が関係している。

それは、優花の魂を担保に彼女の願う奇跡を実現させるために乗った——悪魔との賭（かけ）。

その勝利条件は、契約の力によって消失された存在の回復。優花のことを他人に思い出してもらう。具体的には、

『三〇日以内に、新海良史（彼）が星月優花（彼女）を思い出すこと』

である。

もし負ければ、彼女の魂は悪魔のものになる。

そうしてまで、優花が叶えたいこと。希う奇跡。それは――……

事故で死亡した新海良史を生き返らせること、である。

天使は奇跡を希う

Her grace, his grace.

第4話　瑪瑙（めのう）に似ている

1

星月優花（ほづきゆうか）は、愛媛県今治市（いまばり）のタオル屋の子として生まれた。

ごはんを食べない子供だった。

幼い頃の優花は、なぜかものを食べることがきらいで、母に夕飯だと呼ばれても、

「さっきおひるたべた」

と抗（あらが）う子だった。

おとなしく、消極的で、すぐに泣く子供だった。

そのくせ、地元のお祭りで同じ年頃の女の子が可愛いドレスを着てパレードしているのを見たときは、

「ゆうもあっちがいい」

と言うような、ちゃっかりした面もあった。

消極的で、変に我が強い優花。まわりともいまいち馴染めなかったのだけど、仲良しのお友達が一人だけいた。

隣のパン屋の成美（なるみ）――ナルちゃんである。

お隣という環境もあって、もの心つく前から一緒に遊んでいた。

小学校に入ってからも放課後はほとんど毎日遊んでいて、部屋にランドセルを置いたらすぐナルちゃんの部屋に行くのが習慣だった。

おやつは、お店のパンが出てくる。優花はそれが大好きだった。中でも人気商品である小倉クリームのドイツコッペがお気に入りだった。ナルちゃんはよく食べた。

朝目覚めるといつも隣からパンを焼く甘い匂いがした。

部屋の窓が通路を挟んで向かい合っているから、その頃はよく窓を開けておはようと挨拶し合っていた。

ある日、パンの匂いがあまりにも美味しそうで「ナルちゃんはいつも焼きたてが食べれてうらやましい」と言うと、そのあとすぐうちにパンを持ってきてくれた。結局うちで一緒に朝ごはんになって、できたての小倉クリームのドイツコッペを二人で食べた。おいしいね、ふかふかだね、と言い合った。お母さんがコーヒー牛乳を作ってくれた。

だから優花にとってパンを焼く匂いはナルちゃんの匂いだった。しっかり者でやさしくて食いしん坊の、ナルちゃんの匂い。

そして小学三年生になったとき、東京から転校生がやってきた。

「新海良史(しんかいよしふみ)です。よろしくお願いします」

黒板の前で挨拶する彼は、育った土地による雰囲気の違いがあって、それが優花にはかっこよく映った。

東京からの転校生に、クラスメイトは大はしゃぎである。次の休み時間には彼の机を囲んで、

「ディズニーランド行ったことある⁉」

「漫画のワンピースって、東京でも流行ってるの⁉」

などと質問攻めにした。

彼ははにかみながらも、ひとつひとつ丁寧に答えていった。

優花は聞き耳を立てつつもその輪に加わらず、

――わたしは違うし。対等だし。

と、こじらせたやせ我慢をしていた。

「歓迎会やろうぜ！」

男子の中心的存在だった健吾(ケン)くんが言った。

人気者である彼の提案で、しかも東京からの転校生ということで話はあっというまにまとまり、当日ケンくんの家で開かれた会には、塾や習い事がある子を除いたクラスメイト全員が集まった。

ちょうど良史くんの誕生日が近かったので、お誕生日会を兼ねて行われた。

「新海くん、おめでとう！　はいこれ！」

「ありがとう」

クラスメイトが順番にプレゼントを渡し、彼がお礼を言う。

その輪を見つつ、優花は憂鬱だった。理由は、母に持たされたプレゼントにある。

他の子たちは、ポケモンやワンピースの文房具だったり図書カードをあげたりしていた。優花の目にはどれもキラキラして映った。自分のものとは大違いだ。

だから優花は部屋の隅っこで大きな紙袋を後ろ手に隠し、必死に気配を殺していた。

そしたら優花のことは忘れられて、そのままプレゼントの時間が終わる。それを願って。

けれど。

「どうしたの、優花」

ナルちゃんにみつかってしまった。

「あとは星月さんだけかー？」

ケンくんにもチェックされていたようだ。大人びたその目の行き届きが、今はとても迷惑だった。

「……ナルちゃん、わたし、いやだよ」

「大丈夫だって」

ナルちゃんは、優花が持ってきたプレゼントの中身を知っている。

「新海くん、ぜったい喜んでくれるよ」

ナルちゃんは言うけど、信じられない。

「ほら」

手を引かれ、彼の前まで連れていかれる。注射の順番が迫ってくるときの一〇倍嫌だった。

彼が、優花の持つ袋に視線を落とす。

「………」

「ほら、優花」

もう、出すしかない。

「………これ」

優花は絶望的な気持ちで差し出す。

「ありがとう……」

そのテンションを受け、彼の表情も慎重になる。

空気が暗くなり、部屋にじわりと緊張がにじむ。

「見ていい?」

優花はうつむいたまま、うなずく。

彼が紙袋から、中の箱を取り出す。それは、白いケーキ箱。

「……ケーキ？」

そう問う彼に答えずにいると、

「開けてみて」

ナルちゃんが言った。

彼がうん、と箱を開ける。まわりも注目している。優花の心臓がどきどきする。中から出てきたものは——

「……なにこれ？」

優花は、消えてしまいたくなった。

それは、タオルで作ったケーキだった。

白いタオルをロール状にして生クリームのスポンジに見立て、苺の飾りを載せ、ケーキの包装をしたもの。

子供会では元気過ぎる名物おばさんとして通っている母が「絶対これ！」とごり押ししてきたのだ。

でも優花は恥ずかしかった。だって、優花にとってタオルは毎日見ている面白くもなんともないものだし、店のものをそのまま使うというのも貧乏くさくていやだった。うちはプレゼント代もケチらなくてはいけないのかと、みじめな気持ちになったのだ。

「なんか、すげえ」

彼が言った。

優花が顔を上げると、彼はタオルケーキを興味深そうにみつめていた。

「これ、タオル?」

彼が聞いてくる。

「うん……うち、タオル屋さんなの」

「今治タオルって知ってる?」

ナルちゃんが横から加わった。

「ああ、聞いたことある。有名なやつ」

まわりのクラスメイトから「おー」という声が上がった。

「東京の人でも知ってるんだな。さすが」

ケンくんが言う。

「ユウちゃんの家は、今治タオルを売ってるお店なの」

ナルちゃんの言葉に、彼はへえ、という反応をして。

「じゃあすごい」

と言った。東京からの転校生に思いがけずそんなことを言われ、どうしていいのかわからない。

「さわってみろよ、感触いいから」

ケンくんに勧められ、彼は指先で白いタオル地を撫でた。

「ほんとだ。すげえさらさらしてる」

優花はなぜだか泣きそうになった。

と、彼がこちらを見て。

「くれるの？」

優花がうなずくと、にかりと嬉しそうに笑む。

「ありがとう」

そのとき明るい風が吹き抜けていったような、そんな感覚が、した。

2

それから、良史くん——ヨシくんと仲良くなった。

ナルちゃんとケンくんも加えた四人が自然とグループになり、たくさん一緒に遊んだ。

氷鬼をしたし、ゲームもしたし、忠霊塔で肝試しもした。港の灯台で高校生のカップルがキスしているのを目撃して、どきどきしたこともある。

ナルちゃんと二人きりでも、よく遊んだ。

二人のときは店のオーブンでクッキーを作ったり、近所のお洒落なお姉ちゃんに髪を結んでもらったり、勉強を教えてもらったり。基本的にはどちらかの部屋でずっとしゃべっていた。

陽が落ちて別れてから、互いの部屋を糸電話でつないだこともある。

向かい合う窓から窓へ白い糸をわたし、紙コップを耳にあて、声が伝わってくる不思議さにどきどきした。

『もっと一緒にあそんでたいね』

小さな円筒の中でこもって響くナルちゃんの声がくすぐったくて。

優花も「そうだね」と返すと、ナルちゃんもくすぐったくて楽しいみたいで、二人で足をばたばたさせた。

そしてヨシくんは、意外とやんちゃで、ツッコミキャラで、笑った顔がかわいい。

「ユーカ」

と。カタカナっぽい響きで呼んでくる声が好きだった。

「……ヨシくん」

優花は、ヨシくんのことが好きになっていた。

毎日が楽しかった。

何も考えなくてよくて、はちきれるようにはしゃいで、そんなあっというまの一日が、ゆっくりゆっくりとした年月で過ぎていく。

優花の小学三年生から四年生までは、子供時代を象徴する楽園の日々だった。

けれど、その終わりは突然に訪れた。

ヨシくんが、東京に帰ることになったのだ。

さびしがるナルちゃんやケンくんと同じようにしながら、優花は世界が終わってしまうような気持ちになっていた。

でも、どうすることもできない。

ある日、ナルちゃんと部屋で二人きりでいたとき、ナルちゃんが、

「新海くんに言わなくていいの？」

いた。

と聞いてきた。

やっぱり気づいてたんだと思いながら、優花は頭が重たくなったような風情でうなずいた。

想いを告げる勇気もなく、近づく別れの日の前に佇んでいることしかできない。

彼が引っ越してしまう前の日、廊下に彼の名札が落ちているのをみつけた。

それを拾って教室に戻り、席に着いている彼に声をかけようとして——

とっさに、止まった。

優花は何も言わず、名札をこっそりポケットにしまった。

放課後のお別れ会でも罪悪感で彼の顔をまともに見ることができず、家に帰って、夕暮れの部屋で彼の名札をじっとみつめ、夜は抱いて寝た。

できたことは、そんなことぐらい。

そして翌日、ナルちゃんとケンくんとともに、彼の家まで行って見送った。

手を振る優花たち。

角を曲がっていく車。

彼は今治を去り、東京に帰ってしまった。

＊＊＊

「実際のところ、わからないんですよ」

悪魔の声が、午前四時を回った神社に行き渡る。

その黒い手には、差し入れのみたらし団子の紙袋を提げたまま。

「あなたが何故、彼のためにここまでするのか」

「…………」

優花は石段に腰掛けながら、無視している。

悪魔はまめに訪れてはどうでもいい雑談をして日の出まで居座る。大事な仕事だと言うのだが、優花からそう呼べるものは二分で済むような連絡事項だけだ。眠くならない今の自分の体が恨めしかった。

「もちろん、あなたと新海さんの過去については調べさせて頂きました。ですがご承知の通り、あなたが賭けに負けたときに支払う代償は死ぬよりはるかにつらいものです」

三〇日以内に彼が優花のことを思い出さなかった場合、優花の魂は取り出され、加工され、永遠に悪魔の鑑賞品となる。

「わからないんですよ」

――わからなくていい。

「いえ、だからこそ本当にご立派だと思います」

最後に付け加えてきた見え透いた追従が耳に不快だった。

自分にとって彼がどんな存在であるか、過去の出来事を調べただけでわかったふうになどなられたくない。

思い出の価値は、自分にしか決められないのだ。

優花にとっての彼との思い出。

それは、どん底だった自分を照らし、暖めてくれた太陽の輝きだ。

3

中学生になった優花は、クラスから本格的に浮き始めた。

その一番の原因となったものは、地元、今治に対する嫌悪である。

それは良史が去ってから徐々に芽生えてきたもので、中学二年の春「無尽（むじん）」と呼ばれる地元の付き合いで行った伯方島（はかたじま）でのバーベキューの道中に顕在した。

車の窓から見える島の町並み。

道路沿いに堂々とある廃屋や、昭和の色褪せた外国人のポスターを貼った美容院。

――今治、ダサい。

と思った。

急に恥ずかしくなった。

そのときに食べたバーベキューの不味さもはっきり覚えている。

島だけでなく、今治では都会とされる中心街も自転車ですぐに端から端まで行けるほど狭く、遊べる場所も限られていて、すべてが息苦しく、つまらないと感じた。

牢獄のようであると。

そして優花は、それを隠そうとしなかった。

中学に上がって成美とクラスが離れ、優花は隣の席の子と同じグループに加わり、週末に商店街近くのカフェでランチを食べた。

このあたりにはあまりない小洒落た雰囲気の店で、グループのリーダーの子が誘った。みんな背伸びした場所に来て緊張しつつ、店の様子や出てきたプレートに、わぁ、とはしゃいだ声を出した。そんな中、優花は――

「でも東京と比べてどうなのかな」

と言った。

「ネットで見たけど、東京ってもっとすごいおしゃれな店があるんだよ。渋谷とか表参道とか」

向かいの子が、ああうんそうだね、と愛想笑いで合わせる。

「料理の見た目だって超かわいいし、味だってきっとずっとおいしいよ。やっぱりここはしょせん今治だからさ。東京とは――」

「やめなよ」

リーダーの子が、とても不快そうに言った。そのあと、早々に解散になった。

帰りのバス停で見かけたおばさんの顔がすごく魚っぽくて、優花はやっぱり海の近くだからだろうかと暗い気持ちになった。苛々した。

「……魚みたい」

すれ違った直後、ぼそりと口に出した。何もかもが嫌だった。

優花は、クラスで完全に孤立した。

だが、いないものとされるタイプのぼっちではなく、地元とそこに住む人々すべてを嫌う刺々しさをにじませる、うざい空気感を持つ存在だった。

だから、ヤンキーの女子グループに目をつけられた。

こいつなんなの？　というガンを飛ばされ、聞こえよがしに舌打ちされる。

普通ならばそれで萎縮して終わりだろう。だが我の強い優花は「べつにびびってないし」と変な対抗心を出してしまった。

それが仇となり、ある日の六限が終わった直後、グループに席を囲まれた。

「なに調子乗ってんの？」

言い返すまもなく髪を摑まれ、顔を机に叩きつけられた。

日常にない暴力の痛みに頭が真っ白になりつつ、優花は今さら、とんでもないことになってしまったと自覚する。

しかもヤンキーの女子グループは他のクラスの同グループとつながっており、つまりそのすべてが束になって、優花の敵になったのだ。

結局、優花は……謝り、そのグループに入ることになった。

だがそのポジションは言うまでもなく、たとえば、

「今日プリン買ってきたんだ。みんなで食べよ？」

などと給食のたびにお菓子を貢いだりし、媚びなければならなかった。

だがそれで解決したわけではない。

そのグループ内では常に誰か一人が「いじめられ役」になり、それがだいたい二週間で移り変わっていく。もちろん、優花の番も回ってくる。

きっかけとなるのはとても些細なことで、たとえば体育のバスケで活躍したことが「キモい」となったりする。

そうして不興を買う（タゲられる）と、教室の隅で土下座して謝らなければならない。

「なんなのあれ？」

「……ごめん、もうしないから」

「まあウチら友達だしさ。友達じゃん？　ああいうの違うよね」

「そうだよね、わたしたち友達だよね」

理不尽に頭を下げながら「友達」と口にし、怖い目にあわないよう縋（すが）らなければならない。

そんなことが続くうち、優花は少しずつ学校を休むようになっていき、やがて……

不登校になった。

4

放課後の時間、成美がいつものように部屋に入ってきた。

優花は背中を向けたままベッドに寝転がっている。

「パン持ってきたよ」

成美がベッドに腰掛けると、マットの揺れとともにかすかな風が吹いてくる。そこには成美がまとっていた外の冷気が含まれていて、一日中暖房がかかったままのこの部屋の濁りが刹那、浮かび上がった。

「食べよう」

「……アイスがいい」

優花は緩慢に返事する。

「アイスはありません」

言って、成美が紙袋を開ける。かしゃかしゃと紙の開く音と、パンを包むビニールを剝く音。すると不思議なことに優花もお腹が空いてくる。でも意地で言わない。

成美が自分のパンをもくもく食べ始めた。

優花の鼻先が匂いを敏感に捉える。よりによって小倉のドイツコッペだ。その香ばしく甘い香りに、優花は——

むくりと起き、何も言わないまま紙袋に手を突っ込む。成美も何も言わない。

二人並んで、ドイツコッペを食べる。

やがて、成美がぽつりと切り出した。

「……もう二学期終わるよ」

優花が不登校になってから、三ヶ月が経っていた。

成美はそのことに対して「駄目でしょ」などと説教はしてこない。むしろ、そうなるまで気づけなかった自分を責めているふうであった。

「受験、どうするの」

成美がぺしゃんこにしたビニール袋を畳んでいる。

学校ではその話題でもちきりだろうか。成美は頭がいいから、第一高校に行くだろう。

「……今治から出ていきたい」

優花はじっとつま先をみつめる。

嫌な記憶がよみがえる。

不登校になった三週目、担任がクラスメイト全員を連れて家まで来た。

プレッシャーで店先まで出ていかざるを得なかった優花に、

『星月、みんな待ってるからな』

男の担任がのんきな誠実さで言う。何も気づいていないくせに、自分は熱心でいい先生だと疑っていない顔。

彼のうしろにはあのヤンキーたちもいて、しおらしい表情を作りながら、目の奥で威嚇している。同時に、嘲笑っている。

家まで押し寄せたクラスメイトと向き合う今の自分は、なんて惨めなんだと思った。なんの罰ゲームだと思った。

消えてしまえ。

お前ら今すぐ全員消えてしまえ――。


「………全部、今治が田舎なのが悪いんだよ」

その声は怨嗟に満ちて。

「田舎じゃなければわたしも嫌いにならなかったし、あんな馬鹿みたいなヤンキーも田舎だからいるんだよ。東京にはきっといない。こんなとこにいたら腐っちゃうよ、絶対」

成美は少し、言葉を選ぶふうな間を置いた。

「自分の生まれた場所のことをそんなふうに言うのはよくないよ」

「事実じゃん」

声にいくつもの棘が生える。

「ナルちゃんはこんな場所のどこがいいの？　なんもいいとこないじゃん。なに？　タオル？　焼き鳥？　ぷっ、ダサ。ダサすぎ。わたしは東京がいい。東京行きたい」

それまで不快さを受け流そうとする表情でいた成美が、ふいに——いたわるような悲しいまなざしをした。優花はぎくりとした。成美が言う。

「新海くんのこと引きずるの、もうやめようよ」

かっとなった。

顔面に血が集まり、頭の奥に隙間ができたようになり、胸が冷えた。

それらすべてが一瞬で。

秘密を覗かれた羞恥を。

「嫌い‼」

塗り潰したい衝動に駆られて。

「薄暗い商店街が嫌い！　ダサい外人のポスター貼ってる美容室も！　錆びた建物も！　曇りの夕方の空の低さも、のっぺりした海も、港も、船も！　それをのんきな顔で『いいね』って言う観光客も……大っ嫌い‼」

暴走が、もう、自分でも止められない。

「そんなに地元が好きならナルちゃんは一生いればいいよ！　ダサい今治でダサいパン

屋継いで毎朝パン焼いてりゃいいよ！　おばさんみたいにっ!!」

食べかけのパンを絨毯に叩きつけた。

瞬間——脳裏に〝しまった〟という——後悔が。

我に返ると……隣の成美が、叩きつけられたドイツコッペをみつめている。

紙のように白くなった顔で。

立ち上がる動作の、強張った質感。

成美は部屋を出ていった。


そして、次の日から来なかった。


優花は部屋にこもり続けた。

歯止めを失い落下していく心が、行き場のない怒りが、最も身近な母親にぶつかる。

近所では元気過ぎる名物おばさんで家の中でも同じようでいた母が、それに対しては驚くほどに脆く、娘に対して萎縮した。

『……ごめんね』

優花はそれがなんだかとても嫌で、ますます母にきつく当たった。落ちながらがむしゃらにぶつかるのをどうにもできなかった。

そんな奈落のさなか、高校進学だけはした。

現実に対して一線を越えられなかった、否、踏みとどまった優花の良識であり、いい高校に行けばあのヤンキーたちとも離れられるという望みもあった。

だが、無事に合格し、新学期を迎えても……優花は登校できなかった。

感覚を喪失していた。

ずっと離れていた習い事のように、わからなくなっていた。かつて何も意識せずにできていた「学校生活」。あれはどうやっていたのだろう。わからない。自信がない。

怖い――。

咲いた桜が散っても、優花は一日中部屋に閉じこもっていた。そんな春のある日……


彼が、再び今治に帰ってきた。

5

それを優花が知ったのは突然で、思いもよらぬ形だった。

部屋にやってきた母が「今、ヨシくんが下に来てるよ」と言ったのだ。

優花ははじめ何を言っているのかわからず、わかってからはパニックになり、なぜ彼が今治にいるのだと問い詰めた。久しぶりに母とまともに会話した。

窓の隙間から、表を見下ろす。

店の中に入っているせいか、姿は見えない。けれど、路肩に駐めている彼のものらしき銀色の自転車があった。それだけでも緊張を覚えたそのとき――

姿が、見えた。

ちょっとだけ外に出てみたというふうに歩いてきた、真上からの姿。つむじと肩ばかりで、顔はぜんぜん見えない。

「――っ」

優花はなぜか、目を離した。窓から下がり、息を詰まらせる。

ずわわと血が駆け巡り、顔じゅうを炭酸のような刺激が覆う。体が普通じゃなくなっている。もろに反応している。自分はまだこんなに彼のことが好きだったんだと驚き、唖然とした。

「……どうするの？」

母に聞かれて、我に返る。

え、え、となった。表面的にはなんの判断もできないまま、その奥底でははっきりした答えがのぞく。

会いたい。

けれど、そのとき。

鏡に映る自分の姿が――見えた。

いつのまにかまったく気にしなくなっていた、自分の外見。

初めて眼鏡をかけたときのように、それまで見えているつもりになっていたものの本当の像をくっきりと、認識した。

ひどい。

バサバサの髪、くたびれた室内着、それに包まれている白く弛(ゆる)んだ体。額やあごに、ニキビ。

服屋に行ったとき、お気に入りで着ていたはずの自分の服が鏡でひどく色褪せて映ることがある。それよりずっと――

「……行かない」

優花は言った。

「でも――」

「行かない！　帰ってもらって……ッ」

声の終わりが湿気るのを止められなかった。

もう手遅れなんだ。なにもかもが。

母が出ていったあと、優花は布団の中で長い時間、泣いた。

だが。

彼はそれから毎日、来た。

放課後の時間になると自転車でやってきて、母が「ヨシくん来てるよ」と告げるのが日課になった。

窓の隙間からは、路肩に駐めた彼の銀の自転車が見えて。帰り際の彼が窓を見上げてきてあわてて隠れたり。

惨めな自分がつらくなる。と同時に、しだいに体の奥がそわそわと甘くうずき、弾んでくる。自分のためにそこまでしてくれるんだと。

そのうち耳が敏感になって、自転車の近づいてくる音や、ブレーキの音がわかるようになった。母が階段を上ってくる音までがセット。待ち構えすぎて、勘違いすることも多かったけれど。

「ヨシくんから」

そんなある日、母が手紙を預かってきた。

自分でも驚くほど手が速く動いて取ったそれは、ルーズリーフを四つに畳んだ即席のもので、そこにはシャーペンでこう書かれていた。

『また来るな』

その短い言葉が、じんわりと広がった。やさしく語りかけてくれてる声が聞こえてきそうで、泣きそうになった。

その夜から、優花の行動が変わった。

真夜中にこっそり家を出てウォーキングを始めた。スキンケアをし、お菓子を控えた。

鏡の前で毎日試行錯誤し、やがて、

――あれ？　けっこういけるかも？

と、夜中一人でにやつく程度に自信が出てきた。

そして決意した。

彼に会おう、と。

翌日の午後、優花は家族に気づかれないようこっそり家を抜け出し、貯めていたお年玉の一部を手に何駅も離れた美容室まで行って、心臓に悪いぐらいの大金を払って髪を切り、服も買った。

夜中に帰宅し、隙を見て一気に部屋に転がり込み、次の日に備えた。

そしてほとんど眠れないまま迎えた、翌日。

期末テスト中だから昼前には来るはずだと、じりじりと待つ。けれどこんな日に限って彼はなかなか訪れず、優花は長い緊張状態で死にそうになった。

と——近づいてくる自転車の音。

母が階段を上ってくる足音。

来た。

こぶしをきつく握り締め、心臓をばくばくさせながら、覚悟を決める。

——ヨシくんと、会う。

ドアが開く。

母が、沈黙した。

強い視線を感じる。ちらりと見ると、言いたいことを堪（こら）えているように大きな唇に力を込めていた。そして、

「……ヨシくん来たよ」

そして優花は。

「………行かない」

土壇場で、へたれた。

「はあ⁉」

いきなりの母の大声に、ふいをつかれた。

振り向くと、樽のような体でどすどす詰めてきて、優花の腕をつかむ。その表情は呆れ果てたそれだった。

「あんた出なさいよ！」

「や、やだっ」

「そんな髪ツヤツヤさせといて何言ってんの‼」

引っ張る勢いは、久々に感じる母らしい強さ。

階段を下り、店に出る。

その入口に立っている――彼。

昔の面影がしっかりと、残っている。

けれど背は高く、顔の輪郭がしゅっとして、手足が長い。

高校生の男子に、なっている。

ぼうっとしてしまっていたのだろう、気づくと母が彼の隣に移動していて、立ちつくす娘を指さしながら、

「見てあの顔！　超うける」

と、にやにやしている。

その表情と振る舞いは、優花もよく知る名物おばさんのそれで。

彼もまた、懐かしそうなまなざしで見ていた。

6

麦茶の入ったグラスが、じわりと汗をかいている。

部屋で向き合う二人は、なぜかお互い正座をしていた。

優花は足のしびれで自分がそうしていることに気づき、かかとの位置をずらす。

「なんか、変わったな」

彼の言葉にどきりとする。

「……そう？」

「うん。最初わかんなかった」

それはどういう意味だろう。きっと外見だろうけど、プラスかマイナスか猛烈に知りたい衝動に駆られる。高い美容室にも行ったし、今の自分はけっこういけてるはず——。

「ヨシ……新海くんは」

「ヨシくんでいいよ」

「じゃあ……ヨシくん」

「ユーカ」

彼の声が耳の管を通り、胸の奥でこだまする。

ちょっと笑いつつの、懐かしい呼び方。声変わりしているけれど、根底にある音色と抑揚が同じで。過去だったものが、またここによみがえって。

互いの年月が、きゅっと縮まった感じがした。

「麦茶もらうな」

「あっ、うん」

彼と一緒に麦茶を飲む。ちょっとのつもりが、意外と喉が渇いていた。

窓の外からクマゼミの鳴き声がぼんやりとする。

「……ヨシくんは」

「うん」

「なんで今治に戻ってきたの？」

グラスに口をつける彼が、苦そうな表情をして。

「あっ、話したくないなら――」

「いや、大丈夫」

彼はグラスを置いて、顚末を話してくれた。

いじめを見過ごせず暴力沙汰を起こしてしまったこと、家族との不和、お祖母さんの家に住むことになったこと――。

「……なんか、意外」

優花が言うと、彼は気まずそうに首のうしろを掻く。

「あっ、でも、そっか……ズルとか嫌いだったよね。遊びのときとか」

「ああ……だったかも」

「でもいい加減なときもあって」

「あー」

彼が苦笑する。

優花も笑う。

空気がほどけたとき、優花はふと冷静になって、

「……わたしのことは、聞いた?」

「成美から」

「……そっか」

「今、気まずいらしいな」

優花はうつむく動作で、うなずきの代わりにする。

「成美も仲直りしたがってた」

そうなのか——優花の胸の奥でふっと重いものが消える感覚。

「今度、会って謝れよ。なんなら間に立つからさ」

こく、と、今度ははっきりうなずいた。

なんだろう。彼の言うことだと、とても素直になれる。

そんなふうに春の晴れ間のような心地でいたとき、

「また戻ってきて思ったんだけどさ」

彼がなんの気なしに言う。

「今治って、いいとこだよな」

とたん――曇った。

「……どこが」

声が低く揺らぐ。

自分の中で長年煮詰められてきた嫌悪が速やかに言葉を滑らせる。

「ヨシくんは東京の人だからそう思うんだよ。『ああ田舎っていいね』みたいなさ。住んでないから」

しんと静まりかえった。

冷房の吐息を聞きながら、優花は謝るべきか、いやそんな必要はないかという狭間で揺れた。

「……ごめ――」

「今から出かけようぜ」

「え？」

彼はたったいま思いついたというふうな、あっけらかんとしたノリで、

「しまなみ海道ってとこ。チャリで走れるすげー大橋があるんだろ？　行ってみたいんだ。だから行こう」

「……今から？」

「今から」

彼がすっくと立ち上がる。

「行こうぜ」

「ムリだよ……」

優花が若干混乱しながら返すと、

「大丈夫だって！」

彼がにかりと笑った。それはまるで太陽のような緩い明るさで、こういうキャラだっけ、と優花は大いに戸惑う。

そうするうち引っ張られ、立たされた。

「おばさーん！」

彼が大きな声で母を呼ぶ。

そうして彼の自転車のうしろに乗って。

彼の背中にふれてどきどきしながら、しまなみ海道のストライプをまっすぐまっすぐに進んでいって。

「『耳をすませば』に、こういうシーン、あったな……っ！」

上りのスロープで、がんばってペダルを踏む。

「降りようか？」

「大丈夫！　でさ！　雫と、なんだっけ！　男の名前！」

「……聖司？」

「そう！　今、雫と聖司だな！」

彼はやたらとハイテンションで。

上っていくうち、白い来島海峡大橋が垣間見えた。その、ぬう、とした非日常の大きさはたしかにちょっと驚いたけれど。

「……すげえな!!」

橋から眺める景色は、彼が言うほどのものには感じられなかった。

生まれたときから見ている瀬戸内海は、あいかわらずのっぺりとした地味な海で。

「瀬戸内海って、他の海とぜんぜん違うよな！　波がなくて、でっかい湖みたいで、すげえ新鮮だよ」

点在する小島はただの小島で、その海岸に集まる家は「集落」という字面がふさわしい古くてみすぼらしい軒並みで。

「あの島の家さ、すげー雰囲気あるな！　昔話みたいっていうか、映画に出てきそうっていうか……絵になるよなあ」

陸にふさがれた狭い海を、平たい貨物船が行き来している。それはアスファルトを走る土まみれのダンプカーと同じものだ。

「いま気づいたんだけどさ、瀬戸内海はいっつも島と船がセットなんだな」

けど。

だけれど――。

「いいよなあ」

彼が心底言っているのが伝わってくると、ついつい嬉しくなってしまって。

悪くないのかなぁ……なんて気もしてきてしまう。

「なんか、神様いそうだな」

「……神様？」

「ああ。日本神話の景色って、こんなだったんじゃないかなって。この海とか、島とか、向こうの山とか、家も、あの船だって、そんなふうに見えてくるよ」

そうなのかなぁ、と思えてくる。

こうして彼と同じものを目に映しながら、あの海も、島も、山も、家も、船だって、ただ古くてダサいのではなく、味のあるものなのかもしれないと。

そのとき、海の緑がふと鮮やかになったように感じて、さっきと光線が変わったかなと考えつつ……瑪瑙(めのう)に似ている、という印象を持ったりした。

空の青と橋の白。天国のような色彩。

風に潮の香りが一瞬、混じった。

それから海峡を渡って、亀老山(きろうさん)展望台に行こうと彼は言った。

道に迷って車のインターチェンジに近づいたところで、職員に呼び止められた。

小屋の手前のスペースまで連れて行かれ「なんでこんなことしたの」「車きたら危ないから」とものすごく注意され、しまいには、

『ここに名前と住所書いて』

と紙を出されて、ちょっと怖くなった。

『何かお咎めがあるわけじゃないから』

そう言われたとき、じゃあなんでそんなものを書かないといけないんだろうと思ったら、彼も同じ空気を出していて、それですごく安心した。

記入するとき彼が『新海良男』と小さく嘘をついたのがわかって、優花もちょっとどきどきしながら『星月由』と書いた。お互いの名前を見て、くすりと目配せした。

観光タクシーで山道を登りながら「どきどきしたね」と、笑いながら話し合った。

頂上の売店で伯方の塩アイスというのを見たけど、もうお金がないねという空気でスルーしつつ展望台まで登った。

すっきりと晴れ渡っていて、青い景色が一望できた。

広々とした地平と水平のパノラマに、来島海峡大橋の全貌がミニチュアのように収まっている。けれどそれは実際の大きさを感じられる見え方で「あんなに長い橋を渡ってきたんだ」と、自分たちがちょっとすごく思えたくらいだった。

台に乗ったり、四辺を回っているうち、彼が転落防止のワイヤーにつながれた南京錠に気づく。

「なんだこれ」

「おまじないなんだって」

優花は言った。カップルが『いつまでも一緒にいられるように』という願(がん)をかけてやるのだと。

「鍵をかけるってことか？　ロック的な」

「たぶん」

「怖いな」

「そうかも。でも、今は禁止されてるらしいよ」

「たしかに、こういうのがジャラジャラ付けられてるのはなぁ」

瀬戸内海の景色をひとしきり眺め、そろそろ行こうかという間合いが漂う。

そのとき優花は思いつく。南京錠の代わりに指で輪をつなげたらどうだろうと。

カップルが互いの指でワイヤーをくぐらせた輪を作る。そうしたら南京錠みたいに迷惑にならないし、なんだかいい感じだ。それで写真とか撮って、景色をバックに二人の指の輪のアップ。で、インスタとかに上げる。いい。そうだ、ただの輪じゃなくて、指を曲げてハートの形にする。いい。すごくいい気がする。優花は軽く興奮した。

「そろそろ行くか」

彼が階段に向けて歩きだす。

「――うん」

優花はついていく。

「すげえいい景色だったな」

「そうだね」

すごくいいアイデアだったけど。

指でハート作ろうよなんて、恥ずかしくてとても言い出せなかった。

7

それから、彼とあちこち行った。

「すごいな！　一カ所に要素固まりすぎだな！」

彼がファミマの駐車場で両腕を広げている。

その右手には港があり、左手には今治城があった。

「どっちかでも成立するのに、すげえ贅沢な景色だよ！」

彼のハイテンションの謎が、優花にはもう解けていた。それはとても単純で。

自分を、元気づけようとしてくれている。

本当はそんなキャラじゃないのに太陽になって、自分を暖めてくれているんだと――

「ヨシくん、ほんとにそう思ってる？」

「ああ！」

たしかにそれは本当の表情で。彼の目には今治のあちらこちらがすごいと映っている。

「わたしはそうは思わないけどなぁ」

うそだ。

ほんとはもうとっくに感化されてしまっている。

狭くてくすんだ牢獄みたいだった町。でもたしかに来島海峡大橋みたいなところなんて全国でも珍しいだろうし、今治城も町の真ん中に普通にある感じが珍しいのかもしれないし、遊ぶ場所が決まっているのは東京だって変わらないらしい。だから……

いいや、そんな理屈ではなく。

彼がいいと言うから、いいと思えた。

いとしいものに映ったのだ。

「それだけが本当じゃないだろ」

三島神社の石段に座った彼が、むきになって語る。

「たしかに地元の人にとってはつまらなくても、外から来た人には『すげえ！』って。それって地元の人が合ってて観光客が間違ってるわけじゃなくて、どっちも本当のことじゃん。同じものでも人によって価値が変わるって、普通のことじゃん」

隣で彼の横顔をみつめながら「高校生らしい」と目を細めた。

「ヨシくん、熱すぎ」

優花の反論にムキになる彼が楽しくて、ついからかってしまう。

「熱くて悪いかよ」

ちょっと不機嫌に唇を硬くする仕草すら、きゅんとする。

「ごめんごめん、そうだね、それはあるかもしれないね」

「だろ」

真夏の午後、神社には二人以外誰もいない。

森の陰になった石段は、手をつくと温くて。見下ろす田んぼとアスファルトは力強い日光で色鮮やかに輝いている。降りしきる蟬時雨に、遠近感がぼんやりとなった。

「……なあユーカ」

彼が、ポケットの奥にずっと入れていたものを取り出すような間を取って、言う。

「学校、来いよ」

「うん」

あっさりと、優花は答えた。

もうとっくに、解決していたことだった。

彼が驚いた表情で振り向いてくる。

「なんで？」

「なんでって」

くすりと笑う。

彼のいる学校に、彼が望むから行きたい。ただそれだけではなくて、彼が一生懸命に照らしてくれた陽の光にあてられ、ぬくもり、春だからコートを脱ごうという自然さで、変わっていったのだ。

「ないしょ！」

「なんでだよ」

「あはは」

――わたし、すごく笑えてる。

はしゃいでる。

こんなの、いつぐらいぶりだろう。

雪が解けて春が訪れたような、そんな心地だった。生まれ変わった気分だった。

「ヨシくん、ちゃんとフォローしてね？」

「ああ、任せとけ」

彼も笑う。

二人のノリが、とても明るく回っている。

「あとね」

「ん？」

「新聞部入りたい」

彼の部活。入部したきっかけの『見聞録』とか、予算がなくて生徒会新聞みたいないい紙を使えないいけどなんでもありのユルさがいいって、いつも話してくれた。

「なんか楽しそうだし」

するとと彼はすごく嬉しそうな顔をして、

「おう、楽しいぞ」

「だから」

「わかった。じゃあまず、成美と仲直りだ！」

「了解であります！」

「よーしよし！」

彼が動物好きキャラみたいに頭を撫でてくる。

優花はちょっとどきっとしつつ、なんでもない振りをしてにこにこしている。

「えらい」

撫でてくる彼の手のひらがものすごく温かい。

「ここ、話しやすいよな」

彼が言う。

「うん。そこにかかってる葉っぱがさ、ちょうどいい目隠しになってるんだよね」

濃密な緑の葉の隙間から、夏の空が光る小石のようにきらめき、こすれ合っている。

優花はそのときふいに、

あ、わたし今、しあわせだ。

と自覚した。

それは特別な演出なんてない些細な時間の流れの中だったけれど、優花はその実感を心の中でためつすがめつし、そのあと、ゆっくり、抱きしめた。

それから彼のサプライズ的な計らいで成美との仲直りを果たし、新聞部で健吾(けんご)を入れた四人で市内をあちこち回ってたくさん楽しいことをした。そして――

彼が、死んだ。

夏休みも終わりに差しかかろうという頃。新聞部室での待ち合わせに向かう途中、車に轢かれてあっけなく死んだ。

現実の流れる速度で粛々と整えられた通夜に、彼の家族や近所の人やクラスメイトらが行儀のいい烏(からす)のように集う。

健吾は沈痛に黙り、成美は驚くほど泣いた。

優花は、ぼんやりと――みんなが自分を騙すためのドッキリを仕掛けているのだと思っていた。

こんなに大人数で、公民館まで借りて。

――みんなうまいな。

――まだかな。

どのタイミングでばらしてくるのだろう。

焼香が続き自分の番が回ってきたときは、引っ張るなぁとわずかな苛立ちを覚えた。でも、ということは、ネタバラシのタイミングは決まった。彼の棺まで行って、顔をのぞき込んだとき。目をくわっと開けて驚かせてくる。「わー!」とゾンビのように起き上がってくるかもしれない。いやだな、心臓に悪い。そう思いながら焼香台の前に座り、彼の顔を見やる。

そこからの記憶がない。

8

目覚めると、車の中だった。

暗い後部座席。見慣れたカーナビと馴染みのある人工樹脂の匂い。――父親の車だ。

エンジンは止まっている。どうやら公民館の駐車場だ。車内には自分一人が座らされて――

「あ、おはようございます」

すぐ横から聞こえた声に、びくりと振り向く。

隣に、見知らぬ中年男性が座っていた。

「初めまして、星月優花様」

男は甲高い声で言い、歯を剝き出す獣のごとき笑顔をする。

混乱する優花。それが発露する寸前、滑り込むようなタイミングで――

「私、人間のように見えるでしょうが、本物の悪魔です」

一息に言い、ぱっと黒い両手を広げて見せた。

「…………？」

悪魔？　その黒い手は何。放り込まれた新たな情報に、感情の発露が止まってしまう。

心がある種の静止状態になる。

男の行動には、そこまで想定されたマニュアルに基づいた質感があった。静まりかえった車内で、優花は悪魔を自称する男をみつめる。狛犬のような顔。両手の黒さは異質な闇。だが、そんなことはどうでもいい。

「悪魔……うん」

つぶやく頬がしわしわと緩んでいき、着古した布のような笑みになる。

「なるほど」

優花は思った。

「やっぱり夢なんだ」

夢の後半の支離滅裂なあの感じ。これはまさしくそうだ。車の中に見知らぬおじさんがいて、それは悪魔で——

「おかしいと思った……」

目の奥が熱くなり、涙がゆるゆる零れ出す。

笑いながら泣いている。嬉し涙のはずなのに、なぜか体の奥には裂かれたような痛みもあって、ぐちゃぐちゃで、わけがわからなかった。

「わかります」

男が慮(おもんぱか)るように目尻に皺を寄せる。

「おつらい気持ちからそういう反応をされる方、たくさんいらっしゃいます」

丁寧に語るその言葉は、自らが経験豊富で頼れる存在であることをアピールする以上に、優花の感じているものがありきたりであると貶(おとし)めていた。

「星月様にとってかけがえのない方である新海様が亡くなられたのですから。突然の悲しみ、いくら願っても覆らない無慈悲な現実に絶望していらっしゃることでしょう」

おめでとうございます！

男がいきなり優花の手を握ってきた。

瞬間、感じたことのない嫌悪が皮膚を這い――直後、体内で大きな風船が弾けたような衝撃に見舞われた。

「…………」

車内が明るくなったような気がし、ランプがついたのかと思った。

違う。

それは車内に大きく白いものが出現したからだ。

優花の目が、ルームミラーに映る自分の姿を捉えている。

背中で――白い翼が広がっていた。

男がぎょろりとした目で歯を剝き出す。

「あなたは天使となる魂の持ち主です。よって、私ども悪魔と《取引》をする権利がございます」

そして、悪魔はこのように語った。

優花は死後、天使となる魂を持って生まれてきた。

天使の魂は悪魔にとって貴重な宝石のような位置づけで、加工したものには極めて多くの需要がある。

ただ、魂を自在に加工するためには、相手が心から納得した上での契約をしなくてはならないという。その内容は人によって様々だが――

「星月様に提案する取引は、私どもとの《賭け》です」

悪魔が言う。

「それに勝てば、契約の力により新海様は生き返る……より正確には死ななかったことにできます。ただし星月様が負けた場合は、魂を頂戴します。もちろん新海様は生き返りません」

優花は息をのむ。すでにこの話が事実であると疑っていなかった。

なぜなら背中に翼があるという肉体的な感覚があり、動かすことができたから。そして彼が生き返るという話を信じたかったせいもあるだろう。

「……どんな賭けなの？」

悪魔は語る。

「彼を、星月様のことを忘れた状態で生き返らせます。三〇日以内に思い出せるか。それを賭けます」

優花は言われたことを慎重に咀嚼する。――それはけっして無理ではない。むしろできそうに思えた。

「ただし、星月様は何も言ってはいけません」

悪魔が眉を強める。

「星月様が星月様であること。その関わりや過去のことなど決して話してはいけません。もちろん手紙などで伝えることも禁止です。彼にも、友人にも、一切の他人に話してはいけません」

「…………」

「さらにその期間、星月様の存在した痕跡は消えます。ご家族にとってもあなたは見知らぬ他人ですし、戸籍や写真などからも消えています」

つまり、それが禁止事項。

思い出が消え、声までも奪われるということだ。

悪魔は優花を小さな肉食獣の笑顔でみつめ、黒い両手を重ねながら聞いてきた。

「いかがです。私どもと契約を結ばれますか？」

そして、わたしの魂を懸けた日々が始まった。

第5話　臆病で、卑怯で、最低だった

九月の一日（ついたち）。二学期の初日がスタートだった。

1

「星月優花（ほづきゆうか）です。よろしくお願いします！」

わたしは黒板の前で挨拶した。

みつめるクラスメイトたちの視線は「入学以来ずっと不登校だった女子を見るもの」ではなく「二学期からの転校生を見るもの」だ。

それが、契約で決められた『設定』。

みんなわたしのことを忘れているし、わたしが今治で生まれ育った一六年間の痕跡もきれいさっぱり消えている。

契約の力で『星月優花』は今、この世界に存在しなかったことになっていた。

そんな状態で、彼にわたしのことを思い出してもらわなくてはいけない。

「ユーカって呼んでください！」

陽気に挨拶できている自分にちょっと驚く。

なにせずっと不登校で、高校に来るのも今日が初めてだった。

でも、みんながわたしのこと忘れてるのが逆に幸いした。リセットがかかって、新しい自分が出せた。

そう。これが新しいわたし。ヨシくんが陽の光で照らしてくれた、新しいユーカだ。

みんなの反応もよくて、波に乗れそう。いい。いい感じ。

愛嬌を振りまきながら、わたしはケーキにのった苺を食べるような感覚で満を持してヨシくんをみつめる。

そこに、ちゃんと、いた。

目の奥がつんとなる。

――生きてる。

今さらみたいに、お通夜のときに見た棺の中の彼を思い出す。だから、あの抜け殻とそこにいる、生きているヨシくんとの違いがはっきりわかって、ほんとはあり得なかった奇跡が叶ったんだって実感が潮（うしお）のように押し寄せた。

――わたし、がんばるよ。

ヨシくんを救う、天使になるんだ。

そのときわたしは――ヨシくんの様子がおかしいことに気づく。

わたしに向ける表情が、明らかにこわばっていた。それはまるで、異常なものをみつけてしまったときのもの。

ヨシくんの目が、まっすぐこっちを見ていない。

わたしのすぐ右と左を、行ったり来たりしている。その視線の先をたしかめようとして、はっとなった。

翼。

彼のまなざしははっきりと、わたしの背中から伸びる翼を認識しているように映った。

——そんなはず。

だってこの翼は人間には見えないって悪魔が言っていた。実際、他の人には見えていない。


放課後、廊下で彼を呼び止めた。

今はやめておいた方がいいと思いつつ、我慢できなかった。

「ヨシくん！」

振り向いて、わたしの姿を認めた彼の表情に——いくつもの言葉が浮かび上がる。

やばい。なんでいきなりあだ名で呼ぶんだ。逃げないと。

「……って、呼ばれてるんだよね？　みんなから」

わたしは苦し紛れに言う。

「……まあ」

ヨシくんの顔は引きつったままだった。

「……なんか、用？」

得体の知れないものに対する、怯えた目。

そんなまなざしを向けられたことが氷柱を刺されたように痛く、息を詰まらせる。

彼がわたしに向ける目はこうじゃなかった。やさしくて、明るくて、包み込むようだった。

「……、……」

喉から溢れ出そうになる。

わたしユーカだよ！

小学三年生のときにヨシくんが東京から引っ越してきて、そのときずっと遊んだユーカだよ……！

ヨシくんは引っ越しちゃったけど、高校になってまた戻ってきて、不登校だったわたしをあちこち連れていってくれて元気にしてくれた！　しまなみ海道に行ったよね？　展望台に行って、向かう途中で怒られて、でさ、ファミマの前で……っ。

でも——それを言うのは契約で禁じられている。

わたしは、本当のわたし自身について、誰にも伝えてはいけない。ルールを破った瞬間わたしの魂は奪われ、彼も死ぬ。

「……えっとねっ」

なんとか、笑った。

「ちょっとお話でもどうかなって」

ヨシくんの顔にある怯えの色が濃くなる。目がせわしなくさまよって、そして、

「成美（なるみ）！」

救いをみつけたように輝く。

わたしの横をすり抜ける。

向かう背後にナルちゃんがいて、わたしをじっとみつめていた。目が合った瞬間、ぱっと逸らされる。

「一緒に帰ろうぜ」

「……あの子は？」

「転校生」

「……そう」

ヨシくんがナルちゃんと一緒に、わたしの横を通り過ぎていく。

「じゃあ、えっと、また」

その「えっと」は、名前を言おうとしたけどまだ覚えていなかった、というときのニュアンスだった。

続くナルちゃんが目を合わせず、あるかないかの会釈をする。

二人が並んで歩いていく。

お互いの距離とそこに漂う空気が、わたしにはっきり、ある事実を伝えてきた。

──そっか。二人が付き合ってるのはそのままなんだ。

遠ざかっていく背中をみつめながら、わたしは唇をくにゃりと持ち上げた。


「ちょっとわからないですねぇ」

悪魔がそう言って、大きな歯を剝き出した。

学校を出た裏の塀沿い。

どうしてヨシくんに翼が見えているのかを問いただした答えが、それだった。

「そもそも、なんでこのままなの⁉」

わたしは自分の翼を指す。

「わたくしども悪魔に触れられたことによる『反射』とご説明しました。信じて頂くために必要な手続きだったと認識しています」

「もうわかったから消してよ！」

「方法はありますが、それはできません」

「なんで⁉」

「悪魔が去る、というのが方法だからです。契約中だということをお忘れなく」

「……わざとヨシくんにだけ見えるようにしたんじゃないの？」

「まさか。本当に不思議だと驚いていますよ」

くしゃみをする直前の犬みたいな笑顔を作る。

怪しむわたしに、悪魔はふっと真面目な顔になってこう言う。

「一度発効した契約の力は絶対です。契約そのものを結び直さない限り、我々にも手を出すことはできません」

その契約そのものでズルをしたんじゃないかと疑っているのだけど、それを証明する手立てがなかった。

やるしかなかった。

陽が落ちるにつれ、わたしはまた大きな問題に直面した。

どうやって夜を過ごせばいいんだろう。

いくら眠る必要がないからって、落ち着ける場所はほしい。

かといって、どこかに泊まれるほどのお金はないし、みんながわたしのことを忘れてるっていうことは、家にだって帰れないということだ。

なんとかしなきゃと、あてもなく町をさまよう。一六年生きてきた地元だけど、そういう視点で見たことがないから、過ごせそうな場所が思いつかない。そしてわたしは、いつのまにか……

自分の家の前に、来ていた。

すっかり暗くなった中、薄い蛍光灯がともる店先が妙に温かく感じた。

見慣れた店内に人影はない。お父さんはまだ会社だし、お母さんは奥に引っ込んでいるんだろう。

「…………」

わたしは自動ドアの、ぎりぎり反応しないところで立ち止まる。

お母さんだって、わたしのことを忘れている。会っても他人の反応をされるだけだろうし、だから、行っても無駄なんだ。

……でも。

もしかしたら——。

踏み出した足で、ドアが開いた。

来客を告げるチャイムが奥でこだまする。「はーい」という声がして、お母さんの足音が近づいてくる。心臓の動きを自覚する。

小さな出入口から、樽みたいな体のお母さんが窮屈そうに出てきた。

そして、わたしを見て、愛想のいい表情を浮かべる。

「いらっしゃい」

わたしはすでに絶望していた。

その顔だけで、もう充分だった。

「見ない子だねー?」

サンダルを履いて、どすどすと近づいてくる。

「でも一高の制服ってことは、あれ?　最近越してきた感じ?」

ぐいぐい話しかけてくる。

「やーでもかわいいわねぇ。モテるでしょ?　あたしもこんな娘ほしかったわー」

わたしは——駆けだす。

「えっ」

お母さんのつぶやきを背中で受けながら、開いた自動ドアをくぐり抜け、走った。

ナルちゃんの家の前を駆け抜け、さらにさらに走って……歩いて、止まる。

大きく息を吐く途中で、唇を噛む。

とっさに上を向く。

にじみかけた夜空を仰ぎながら、わたしはまた、歩き始めた。


人のいないところいないところと道を選んでいるうち、わたしはふっと、ある場所を思い出した。

田んぼ沿いの道を進み、狛犬の間を通り抜ける。

三島神社。

ここなら夜、人目につかず、落ち着くことができるかもしれない。

夏虫の声とざらつく靴音を聞きながら、のろのろと石段を上っていく。

つまずいた。

とっさに手すりをつかんで、体を支える。

その瞬間――自分の中の透明な何かがぱりんと割れて、中に溜まっていたものが一気に溢れて。

「……なんか、用？」

「見ない子だねー？」

「………、…………っ」

ぼろぼろ、泣いてしまった。

涙の熱さを感じるとよけいに悲しくなって、もっと泣くと、息が苦しくなって、どんどん悲しくなって、目のまわりが塩辛くなって、そうしながら一歩一歩、迷子の子供みたいに石段を、上っていく。

陸に揚げられた魚みたいに嗚咽しながら、一番上の段差に座る。

ここは前に、彼と来たことのある場所。

あのときは二人並んで座って、ゆったりしながらそこの葉っぱが目隠しになっていいね、なんて言い合ったりした。それから……

「………よーしよし」

わたしは自分で自分の頭を撫でた。目を閉じて、あのときの彼の声と手のひらの感触を思い出しながら。

「……えらい……」

鼻声でつぶやく。

「……よーしよし……えらい……」

何度も、唱える。

2

「天使なんて空想の存在に決まってるじゃん！」

わたしは教室で笑いながら、翼をバッサバッサさせる。これ見よがしに。

さりげなくヨシくんを見ると、ものすごくツッコみたそうな顔をしていた。

どうやっても避けられるなら、向こうから来させるしかない。我ながらすばらしいアイデアだと思った。

「でもわたしって、天使みたいに可愛いからなー。実は天使かも？　なにしろユーカだし！」

——早く。

早くきて。そうしないと、何も始められない。

無駄に過ぎていく時間に焦りながら、わたしはありとあらゆる手を使って必死にアピールした。

ヨシくんがやっと「お前天使だろ！」とツッコんでくれたのは六日目の放課後だった。

渡した手紙で真面目にミッションのことを相談すればよかったとあとで気づいたときには、目の前が暗くなったりしたけれど。

「天国に戻りたいんだけど、その方法がわからないんだよ。いろいろ試すことは考えてるんだけど、それを手伝ってほしいの」

ミッションというのは嘘だけど、嘘じゃない。

これは、ヨシくんにわたしのことを思い出してもらうための――ヨシくんを生き返らせるためのミッションだった。

そのためにわたしは、二人の思い出を辿っていくことにした。

わたしがわたしだと伝えられたらどんなに楽だろう。でもそれはできないから、これができる唯一のことだ。

「ぼくにできることなら」

そう迷いなく言った彼はとても――

「らしいね」

と思った。

ヨシくんはそういう男の子なんだよね。困ってる人を放っておけない。それで、わたしのことも救ってくれた。

だから今度はわたしの番。まかせて。

「小三から小四まで、一回住んでたんだ」

しまなみ海道を走る二人乗りの自転車。

ヨシくんの背中をみつめながら「きた」と意気込んだ。

最近の記憶はぜんぶ丸ごと消えてるけど、昔のことは例外だ。人格に影響が出るかららしい。

その過去の中に、わたしがいたことに気づいてもらえるかも——。

「ねえ、どんな感じだった？」

「どんな感じ……」

「思い出とか」

「みんな、すげえ歓迎してくれたな。『東京から？　スゲー！』みたいな感じで。いろいろ聞かれた」

いい。いい。すごくいい流れ。

「今治タオルで作ったバースデーケーキをもらったなぁ」

「それは誰にもらったの？」

ヨシくんが記憶をたぐるように上を向く。

……わたしはどきどきしながら答えを待つ。

「成美だ」

わたしだよ!!

あやうく叫びそうになった。

叩いてやろうかと思った。

そのあとに、ぞっとなった。

そんなに根っこのところまで深く忘れられている。勝手に自分でつじつま合わせして納得してしまうくらいに。

このミッションがいかに難しいかを、最初に感じた瞬間だった。

でも、わたしはめげずに投げかける。

「『耳をすませば』にこういうシーンあったね」

あの日の、二人の思い出を。

「すごいね！　神様いそうだね！」

ほら、これはヨシくんの言葉だよ。

ヨシくんがわたしにくれた言葉だよ。

だから今、わたしの目にはあの海がとてもきれいに見えている。瑪瑙色に見えている。

あの島も、家も、橋も、空も。

なにもかもが、胸を張れるくらいに美しく。

「あー、楽しいねえ」

思い出して。

早く思い出して、ヨシくん――。

「あんなに聞かなくても」

タクシーの後部座席でヨシくんが、意味がわからない、というふうに言う。

わたしは実は、ちょっと落ち込んでいた。

だって、あんなに印象深いエピソードでも、ヨシくんは全然反応しなかった。高速道路の料金所みたいなところまで行って、あの日と同じように職員さんが出てきてくれたときには「よしっ！」と思った。紙に名前と住所を書かされる話が出たとき、わたしはひそかにどきどきしながらヨシくんの様子を窺っていた。

けど、その期待はすぐに――落胆に変わった。

「ほんとに他に誰もいないんですか？」

わたしはあがいてみた。もしかしたらうっかりみたいなもので、契約の力が及んでいないかもしれない。あのとき書いたものが残っているかもしれない。

でも、そんな期待もあっさり裏切られて。

「ほづきちって、誰もやったことないことが好きじゃないですか？」

なんて言いながら、わたしの中のとっておきの武器がひとつなくなった気持ちでいた。

そのあと展望台に登ると、あの日と違って天気が悪くてほとんど何も見えなかった。

真っ白な霧がごうごうと流れていて、余裕のあるときならそれも楽しいって思えたかもしれないけど、それはとても不吉に感じられていやだった。

「おまじないらしいよ」

「鍵をかけるってことか？　ロック的な」

だからかもしれない。

あの日にできなかった、あれをやろうと思い切れたのは。

「新海（しんかい）くん、こうやってみて」

わたしと彼の指先をくっつけて、ハートの形を作った。

ずっと、これがやりたかったんだ。

でも……ヨシくんの表情は「よく知らない変なやつに変なことをさせられた」っていう完全に引いたもので、わたしに向ける本来のものとはかけ離れていて……嬉しいどころか、むしょうに悲しくなった。

「シャレだよ」

悲しいながらも、くっつけた指先をじっとみつめる。わたしはふと、こう思った。

「ハートってさ、命でもあるじゃない」

そう。まさしく今のわたしとヨシくんはこんなふうに命を半分こでつないでるんだ。

指先にちょっと、力を込めた。


一度、こっそり家に入ってみた。

わたしの痕跡は消えているはずで、お母さんも実際にわたしのことを忘れていたけど、それでも、この目でたしかめずにはいられなかった。もしかしたら……という願いもあったかもしれない。

わたしの部屋は——からっぽになっていた。

家具も何もない。物置とかになってるわけでもなく、空白の場所がなんの疑問もなく放置されているという異様な雰囲気が漂っていた。わたしの物は全部なくなっていた。

だから——それは落ちていた。

奥の隅っこに、わたしが小学生のとき盗んだヨシくんの名札が、あった。

わたしはそれを持ち帰り、その夜、お守りみたいに抱きしめた。

神社の石段に座ったままうなだれ、左右の翼を前に伸ばして体と顔を覆い隠す。羽で自分をくるむ。こうすると不思議に温かくて、心が安らぐことを知った。

そんな風向きが、いきなり変わった。

「それは、星月さんの背中に羽があることと関係しているの？」

「やー、マジほっとした」


ナルちゃんとケンくんにも、わたしの翼が見えていた。

そのことで、わたしたち四人が一気につながることができた。これが絆だったにしろ悪魔の妨害だったにしろ、結果オーライだった。そして、

「ねえ、いいかもしれない」

あのときと同じ流れにもっていくことができた。

「ミッションやれて、新聞の記事も書けて一石二鳥だ。うん」

四人で、今治のあちこちを巡って、新聞を作る。

夏休みをまるまる使った新聞作りには、わたしたちの出来事がたくさん詰まっている。

まだまだ日にちは残っている。――いける。

この日の夜から悪魔が訪ねてくるようになったのは、内心焦ったからだと思う。

わたしの胸は希望でいっぱいだった。

市民の森に行って、蓮がグロいと言って、メランジェの袋が風で飛んだのを翼でバサバサやって再現した。

タオル工場に行ったときは、ヨシくんの言葉にうっかり泣いてしまった。

ヨシくんにパソコンでフォントを変えるのを教えてもらったり、フジグラン行ったり、夏休みと違って学校がある中できる限りのことをした。………けれど。

ヨシくんの記憶が戻らないまま、時間は過ぎていく――。


その夜、わたしはファミマのわきにいた。

神社ではなく、ちょっとでも人の賑わいにふれていたかったから。

「何やってんだよ」

「おー、ちわっす。新海くんこそ」

そこへ彼が来て、心配そうに「送る」と言ってくれた。

自転車でなく歩きでと強く言ってきたのはよくわからなかったけど、ヨシくんと話す時間ができることに異論はなかった。

「ミッション、いろいろやったね」

わたしは今日までのことを繰り返す。

記憶に引っかかってくれるよう、祈るような気持ちで。

「まず、しまなみ海道をサイクリングしたね」

「すげかったな」

「神様いそう」

「いそうだった」


思い出して。思い出して。

もう、時間がないよ。


「新海くん、車」

とっさにヨシくんの袖を引く。もしまた車に轢かれたら――わたしの中で本能的な恐怖になっていた。

「前にも同じことあった気がするなあって」

「既視感？」

「うん。……新海くんは、そんな感じにならない？」

「……べつに」

「そっか」

失望の重さが、わたしの心をぺしゃんこにして、風に飛びそうなくらい虚ろにする。

こういうことが今日まで何度も何度も続いて、かかってくる重さはそのたびに大きくなって、正直わたしはもう……疲れ果てていた。

しなびたような心地でうなだれていると、

「………ミッションさ、どうしても成功させなきゃいけないのかな」

彼がこれまで聞いたことのない色の声を出した。

「天国、絶対に帰んなきゃいけないのか？　そういう決まりとか、あるのか？」

その声と向けてくるまなざしにははっきりと、わたしと離れたくないという気持ちが出ていた。

瞳の中にある光の強さが、あのキャンプの夜と重なる。

わたしのこと好きなのかな。ふっと感じる。

——そうじゃないよね。

期待すると痛い目にあう。それはあの、キャンプの日の夜にわかったことだ。

だけど、わたしは好きだから。

「うん」

折れかけた心を、持ち直す。

「このミッションは絶対に成功させなきゃいけないの」

そう言って前を向き、そこにある夜と向き合う。

……でも、どうしたらいいんだろう。

やれるだけのことはやってきた。
もう、どうしていいかわからないよ。

ダメダメダメ。
弱気になるな。がんばるんだ。
まだ時間は、ある。

3

「今日まで、あっという間でしたね」

悪魔の声が、深夜の空気を震わせる。

「星月様は本当にがんばってこられたと思います」

――まだ終わっていない。

心の中で言い返す。悪魔に。そしてわたし自身に。懸命に。

「零時です」

悪魔が告げる。

「いよいよ本日が最後の日です」

わたしは全身を強ばらせた。

耳をふさぐように、顔を覆うように翼で殻を作っていたけど、冷たい現実が水のように隙間から侵入してきて、中がぱんぱんになって、耐えきれずに顔を出す。

悪魔がいやらしく前に回り込んできた。

その目はいつも以上にぎょろりと張られ、はっきりと興奮している。天使の魂はとても貴重なものだという。だとしたら大きな成果を出したことになるんだろう。

「今夜、午前零時が刻限となります」

丁寧な笑顔で言って、消えた。

あとに残ったのは、わずかな灯りに刺々しい影を作る石段と、その下に広がる沼のような夜。

「…………」

膝に顔を落とし、口の端をこわばらせる。

今日までの二九日間、やれる限りのことはしてきた。

でも…………どうにもならなかった。

——どうしよう。

最後の日が来ちゃったよ。

名札をぎゅっと握りしめる。

どうしよう、どうしよう。

わからないまま、放課後になってしまった。

4

「塩ラーメンは外せないと思うの」

ナルちゃんが毅然と言い放つ。

新聞部の部室で、わたしたちは伯方島でやるキャンプの計画を練っていた。

伯方島はあの伯方の塩の由来で、それを使った塩ラーメンの有名店がある。

ちなみにわたしは食べたことがある。夏休みにキャンプに行ったとき、みんなと食べたからだ。

「どうやら美味しいらしい」

そう言っているナルちゃんも一緒に。普通とこってりみたいなのがあって、ケンくんだけが頼んだこってりと食べ比べて『普通の方が断然いいわね。これは書く』と力強く言っていた。

でも、忘れてしまっている。

一緒に塩ラーメンを食べたことも、小学校の林間学校のときは雨で中止になった念願のキャンプファイヤーをやったことも、その夜わたしとの間にあった、あの出来事さえ。

「来週、楽しみだなあ」

ケンくんが、練習場から駆けつけてきたユニフォーム姿で笑う。

その来週は、このままだと永遠に来ない。

ここにいる四人のうち、二人がこの世からいなくなってしまうから——。

時計を見ると、一六時。

あと八時間しかない。

わたしは過ぎていく時間にただただ焦って、

「キャンプファイヤー、すっごい楽しみ！」

でも、これまでと同じことしかできない。

「もし雨が降っちゃったら、ユーカ泣くよ」

「あっ、そうなったことあるんだよ俺ら。なあヨッシー？」

「あったな」

みんなが忘れてる、わたしのいた過去を思い出させようとする。

「へえ！　で、どうなったの？　キャンプファイヤー中止になった？」

「なったなった」

ケンくんがうなずき、ナルちゃんが、

「かわりに児童館でのキャンドルサービスになってね。地味でぜんぜん面白くなかった」

——そうだったね。

「意味わかんなかったよなぁ」

「ブーイングの嵐だったな」

——あのときは男子も女子もまとまってたね。

「今の私だったらちょっといいなって思うけど」

——たしかにそれはあるね。

三人が語る思い出話に、わたしはにこにことしながら心の中だけで加わって……と、わたしの不在を思い出してくれるよう必死にパスを出す。引っかかってと祈りながら三人の反応を見る。

「他に一緒の子はいなかった？」

……けれど同時に、どこかで「また駄目だろうな」と諦めている自分がいた。

やがて、ヨシくんがこう締めくくった。

「じゃあ来週キャンプファイヤーできたら、みんなで『やっと見れた！』って盛り上がるな」

「……そう、」

そうなったんだよ……！

言いかけて奥歯をぐっと噛み、鎖骨の下を張りつめさせる。体が軋む。今日まで何度こうして押さえ込んできただろう。

「なあ、どうした？」

ヨシくんが聞いてくる。

「……ううんっ」

「なんか今日、おかしいぞ」

どうやら、出てしまっていたようだ。

「私もさっきから気になってた」

「時計何回も見てるし」

ナルちゃんとケンくんも。そんなに露骨だったんだ。

「なんか用事か？」

「ちがうちがう、ほんとなんでもないから」

「今日はこれくらいにしとくか」

ヨシくんが言った。

「そうね」

「おう」

まずい――。

「大丈夫！　大丈夫だから！　もうちょっと続けようよ！」

わたしは必死に食い下がる。みんなで話せるチャンスは、本当にこれが最後になってしまうかもしれない。

でもその必死さが、完全に逆効果になってしまった。

「俺も部にちょっと顔出さなきゃだからさ」

ケンくんが気を遣う表情でそんなことを言いだす。

「だな」

ヨシくんとナルちゃんも帰り支度を始める。

「じゃあ」

ケンくんが引き戸に手をかけ、出ていこうとする。

「明日な」

「ああ」

「気をつけて」

その明日は来ないんだよ。

四人が揃う明日はこのままじゃもう――来ないんだよ！

ケンくんが出ていく。

みんなが解散する。

止めなきゃ。

――でも。

止めて、どうなるの？

わたしはそんなことを浮かべてしまう。

仮にこのまま続けたとしても、同じことしかできない。本当のことは何も言えないで、

ふわっとしたリフレインしかできなくて――それでうまくいくの？　今日までずっと

三〇日間、何度も、何度もやって、ぜんぜん駄目だったのに。

ケンくんが出ていき、引き戸が閉まる。

わたしはそれを、見ていることしかできなかった。

5

体の感覚が薄い。

神経がうまく通っていないふうに、体の先っぽにぼんやり靄がかかっている。

自分が自分なのか曖昧だ。魂が半分体の上に離れているような。

タイムリミットが近づいて、もう半分死んでいるのかもしれない。歩きながらぼんやり思う。そんなことすら焦ることができないほどに。

わたしは神社に向かっていた。

淡々と自動的に。機械にでもなってしまった感覚で。

そんな感覚だったからこそ、視界にそれが入った瞬間、体が反射的に動いた。

物陰に隠れた。

ヨシくんとナルちゃんが、自転車で二人乗りをしてやってくる。

向かう先は、神社。

ナルちゃんは彼の自転車の荷台に座って、彼の体に腕を回し、それから、頬を彼の背中にあてている。

それは、わたしの知らないナルちゃんだった。

自分の自転車があるのに、それは学校に置いてきたんだろうか。ああして二人乗りをするために。

わたしの隠れている前を通り過ぎ、二人の背中が遠ざかっていく。

あの神社の階段で、あの枝が目隠しになってるところで、恋人同士で話をするのだろう。

「…………」

どうしてこんな目にあうんだろう。

わたし、何か悪いことしたかな……。


『今から良史に告白する』


あのキャンプの夜、ナルちゃんが突然わたしに言ってきた。

ううん、突然でもなんでもなくて、いつかこういうときが来るかもしれないとお互いに薄々感じていたことだった。

子供のときにできなかったキャンプファイヤーができて、みんなではしゃいで、あのあかあかと燃える大きな炎をじっとみつめて、なんだかいつもと違う気持ちになったから、今日になったというだけだ。

夏休み、ヨシくんのおかげでナルちゃんと仲直りして、新聞部に入れてもらって、すぐに気づいたことだった。

ナルちゃんの、ヨシくんに向ける空気。

押さえ込んでほんとにちょっとになっていたけど、それだけあれば充分だった。

でもそのちょっとさに甘えてわたしは、いやまさか。違うって。と見えないふりを続けた。

でもそうして目を逸らしていても、日を重ねるうちに物事はしっかりと進んでいって
……あの夜、逃げられない真正面まで迫ってきたのだ。

『優花はどうするの？』

どうするの、ときた。

いいの？　くらいで大丈夫なのに。

ナルちゃんは、正々堂々の決闘を挑む騎士みたいだった。

その強さを、わたしは受け止めきれなくて。

『……どうするって、べつに』

逃げてしまった。

『私、行くよ？　いいのね。……本当に、いいのね？』

うなずいて、見送った。

わたしはヨシくんが好きだった。

でも、振られるのは嫌だった。

正直、ヨシくんもわたしのこと好きかもしれないって思う瞬間はあった。ここまでしてくれるのはそういうことなのかもとか、みつめてくる目の光の強さとか、感じるもの。

ただ確信までは持てなくて、もしナルちゃんと同時に告白してわたしが選ばれなかったりしたら……そんなのは耐えられなかった。

結局、わたしは何よりも自分が大好きだったんだ。

引っ込み思案のくせに我が強い、昔となにひとつ変わっていなかった自分が。

そして――もしヨシくんがわたしのことが好きだったら、ナルちゃんに告白されても振ってくれるだろうって期待していた。

わたしは臆病で、卑怯だった。最低だった。


……ああ、そうか。

そうだよ。

あの罰が当たったんだ。

なるほど。なるほど……。

——でもね。

今のわたしは、ちょっと違うんだよ。

ヨシくんとナルちゃんは付き合ってる。だからもし、わたしが悪魔との賭けに勝ったとしても、わたしはヨシくんとは結ばれない。

それでもいいと思えたんだ。

ヨシくんを失ったとき、わたしはとても自然に決めることができたんだ。

それでもやろう。たとえ死んじゃって、悪魔に魂を取られる危険があったとしても、ヨシくんに生き返ってほしいって、思ったんだ。自分にこんな部分があったのかって驚くくらいに。

あんなに自分大好きだったわたしが、それよりも彼が大事だって。

そう――……思ったんだよ。

だから。

「……神様……っ」

わたし、悔い改めました。

いい子にしてます。

がんばってます。

だから――。

だから、ヨシくんを。

「…………助けて…………っ、ください…………」

＊＊＊

「成美、大事な話がある」

部の帰りぎわ良史に言われた瞬間、私は嫌な予感がした。

いや違う。より正確に表すなら……ついに来てしまった、というため息のような感情だ。

だから私は、神社まで二人乗りがしたいと言った。

良史はちょっと不安そうな目をしたけど、腹をくくったふうに、わかったと言った。

大丈夫。あなたが不安に思っているような理由じゃないから。

ただそれは、私の中で一度やってみたかったもののできていなかったことの一つで、つまりは終わらせるための儀式のようなものだった。

彼の自転車の荷台に乗って、うしろから手を回す。

学ランの背中をみつめて、そこにそっと頬をあてた。

なにやってるんだと思いつつ、いま目に映っているこの流れるアスファルトはずっと忘れないだろうなと予感した。

狛犬の間をくぐって、いつもの石段を上って、一番上のところに並んで腰掛ける。

これから何を言われるのかわかっている私には、彼の逡巡が手に取るようにわかった。今日はこのまま曖昧に終わるのかもしれないと——そうは思わなかった。だって、彼は意志の強い人だから。

「別れてほしい」

だよね。

私は意外なほどに何も感じなかった。昔のドラマみたいなくだりだなと思う余裕すらあった。

予想どおりだったこともある。でもひょっとしたら、今は麻痺しているだけなのかもしれない。

私も、優花みたいに面白いことが言えたらよかったのかな。

——あれ？

こんなこと、前にもあった気がする。

突然、強い既視感が襲ってきた。

なんだろう。私はぼんやりとした。

蝉もとっくにいなくなって、少しぬるい空気がそよりともせずにいる。

夏の名残で青々とした枝葉の簾を見つつ、私は春のことを思い出す——。

入りたい部活が、入学式の日に決まった。

机の上に置かれていたわら半紙の冊子。『一高見聞録』と書かれた新聞部の学校案内がとても面白くて、私は翌日に部室を訪ねた。

そこで、良史と五年ぶりの再会を果たした。

大きくなったな、というのが第一印象だった。

なにその感想、という自分への突っ込みと、向こうだって同じことを思ってるはずと内心可笑しくなった。顔には出さなかったけれど。

学校帰りにガストに寄って、彼と話した。

はち合わせた偶然と、見聞録の内容でけっこう盛り上がって、そのあとお互いの今を報告した。

実は彼が今治に戻ってきたのはちょっと前に噂で聞いていた。連絡を取ってこないのは水くさいなと思っていたけど、話して納得した。家族と喧嘩したのが戻ってきた理由らしい。詳しくは言いたくなさそうだったので、私も踏み込まなかった。

そして、こちらの話。

健吾(けんご)のことは明るい話題なのでスムーズに進んだ。強豪野球部のレギュラー候補で女子にモテモテ。良史も「あいつすげえな」と目を丸くしていた。

私の現在については可もなく不可もなくだけど、たったひとつ大きな悩みを抱えていた。他ならない、優花のことだ。

そこからはずっと、優花の話になった。

中学から不登校になっていること、喧嘩してから顔を合わせていないこと、もう怒っていないけど仲直りのきっかけが作れずにいること。

ずいぶん長く語ってしまったと気づく。しかも後半はただの悩み相談というか、愚痴になってしまっていた。

「つらいな、それ」

辛抱強く聞いてくれた彼を見て、大人になったなとふいに感じた。

「優花と話してみて」

私は頼んだ。彼が今治に戻ってきたのは、この状況にとっては天恵だった。

「新海くんなら、優花も話す気になるかもしれないから」

それがなぜかは、さすがに秘密にしておいた。

彼はわかった、としっかりうなずき、

「任せといてくれ」

決意のまなざしをした。それは困っている人を放っておけないという正義感の明るさで、そういえば子供の頃もこういうところがあったなと私は懐かしく感じた。

次の日から彼は毎日優花の家を訪ねては会えずに帰るということを繰り返した。

私の家はその隣で、だから自ずと帰りに顔を合わせた。

「今日もだめだった」

そう苦笑いする彼に「よかったらパン食べる？」と勧めた。

「成美んちのドイツコッペ懐かしいな。うまい」

美味しそうにほおばる彼。

それ以降、帰りにうちでパンを食べながら話すというのが恒例になった。

それはきっと外からじゃないと気づけないものだった。地元で生まれ育った私にとっては当たり前で見過ごしてしまうもの。良史はそういう発見を次々と語ってくれて、私ははっとなったり、なるほどと唸ったりした。

「ガキの頃はわかんなかったけど、今治っていろいろすげえよな。ファミマの前とか城と港、両方見えてさ。要素多すぎ！　って」

部活も同じだから、一緒にいる時間が長くなった。

春が過ぎ、梅雨も終わり、入道雲が出るようになった。

良史はほとんど毎日優花の家を訪ねていて、純粋にすごいと尊敬した。

優花いい加減にしなさい——私がそんな苛立ちを募らせ、限界を迎えつつあった頃。

彼がついに、優花の心を開いた。

「ユーカとチャリで二人乗りして、来島海峡ってとこ行ったんだ。いやすげかった！なんていうか、神様いそうって感じの絶景で！」

いつもは嬉しいはずの彼の今治褒めが、あまりそう感じられなかった。むしろ不愉快だった。どうしてなのか、このときはまだわからなかった。

そして——決定的な出来事が起こる。

『成美、今すぐ部屋の窓開けてくれないか？』

良史が電話でいきなりそう言ってきた。

「なんで？」

『いいから』

言われたとおりにすると、向かいの優花の部屋の窓が開いていて、そこに良史がいた。

驚くまもなく、手にした何かをゆっくりパスしてきた。

思わず両手で受け取ると、それはゴムボールに白い紙コップをくっつけたものだった。

コップの底にはセロテープで糸が貼りつけられていて、その白い糸が——向こうの部屋までつながっていた。

糸電話。

私は、はっとなった。

良史がジェスチャーで耳につけろと言ってくる。私はゴムボールからはがした紙コップをそっと……耳に当てる。

『……ナルちゃん』

久しぶりの声が、コップの中でぼわんと響いた。

『ごめんね、あのときひどいこと言って……』

「ううん」

『ドイツコッペ叩きつけてごめんなさい』

意外と細かいことまで気にしてたんだ。

「大丈夫」

すると、向こうの窓におずおず……というふうに優花が姿を現した。

いつのまにか髪を切っていて、服とかも私といたときとは大違いの決め具合で、ちょっと笑ってしまった。

私が表情を崩すと、優花は安心したように瞳を輝かせた。

その隣では良史が満足そうな顔をしつつ、私に向かってぐっと親指を立てた。

嬉しかった。

優花と仲直りさせてくれたことはもちろんだけど、この糸電話は、子供の頃に優花と一時期はまった遊びだ。そんな、いつかしたなにげない思い出話を彼が覚えていて、こういう形にしてくれたことが、なんだろう、ものすごく響いたのだ。

彼を好きになったのは、この瞬間だった。

そうなるともう、どうにもできなかった。

優花の気持ちはずっと前から知っていたのに止められなくて、どうしようもなく苦しんだ。

まもなく優花が新聞部に入ってきて、健吾も入れた四人で夏休み、今治のあちこちに行った。

私はその間ずっと生まれて初めての恋心を処理できなくて、悩んで悩んで、苦しんだ。

だから、けりをつけてしまおうと思った。

『今から良史に告白する』

伯方島のキャンプの夜、優花に宣言した。

呼び出した彼を待ちながら、きっと振られるだろうなと思った。彼が優花に気持ちを寄せているのは見ていて感じる。

それでいい。もう恋なんてどうでもよくて、とにかくこの苦しみから解放されたい
――そう願っていた。

そして、良史に告白した。

彼は驚き、直後に感情の空気をにじませた。

んだ。


——振られる。

直感した。

予想どおり。これですっきりする。少なくとも今の形からは解放される。これでいい

そう思ったのに。

「……ここに来る前、優花に話したら『べつにいいよ』って言ってた」

私は、そんなことを口走っていた。

「応援するって」

それは言ってない。

彼が傷ついたまなざしをする。

「…………そっか」

つぶやいた彼の口許は、色々な感情が寄り集まり、固まっていた。

こうして私は、良史と付き合うことになった。

自分にこれほど醜いことができたのかと驚き、絶望した。

私は臆病で、卑怯で、最低だった。

そうだとも。

こんなの、最初からうまくいくはずがなかったんだ——。

……………………あれ？

境内の木々のざわめきが、私の耳に飛び込んできた。

「……………」

隣を見る。

そこには、たったいま私に別れ話をした良史が座っている。

――どういうこと？

私は激しく動揺した。

なんで良史が生きてるの？

意識したとたん、頭の中が重くなった。

何もないところに大きな塊が突然現れて、ずどんと落ちてきた感覚。

その塊は。

『……ごめん成美。別れてほしい』

そうだ。
お盆明けの夕方、私は公園に呼ばれて、そこで振られた。
その二日後——良史は車に轢かれて死んだのだ。
死んだのに。
どうなってるの。
そして、そして————そう。
優花。
優花はどうしてあんなことになってるの?
その塊は。
私がなぜか失っていた、たくさんの記憶だった。

第6話　奇跡を

1

わたしは、夕暮れの中をふらふらと歩いていた。

とにかく神社から遠ざかりたいという意識だけで動いているうち、映る景色が駅の周辺に変わった。

ここからどうしよう。重たい頭で考えたとき、

「星月(ほづき)様、星月様っ……！」

どこかから、甲高い声がした。

「こちらです！　ここ！」

首を巡らすと、高架下の影で悪魔が手を振っていた。

目が合うと、せわしない手招きに変わる。通っていく人がちらちら見ていくけど、それに備えてなのか、悪魔の手には白い手袋がはめられていた。

「大変よいお知らせがあります！」

悪魔はこれまで見たことのないような全力の笑顔で言った。

「契約の変更が認められました！」

「……変更？」

「新海様を、生き返らせて差し上げます」

悪魔が言う。

「星月様がこの場で賭けを降りれば、新海様だけは生き返らせて差し上げます」

ぼやけた意識に、ゆっくり意味が染みてくる。

「……ヨシくんが、生き返る？」

「はい。星月様の魂と引き替えにはなりますが。今ご決断頂ければ……」

ぎょろりとした目で見上げてくる。

「星月様の望みは叶うのです」

「…………なんで？」

聞くと、悪魔は白い手袋をした指を揉むように重ねて。

「実はわたくし、星月様のけなげなお姿を間近で見ているうちに感じ入りまして、なんとかして差し上げたいと思うようになっていたのです。日を追うごとに追い詰められていく痛ましいお姿！　このままでは星月様は何も得ることができず犠牲になる。なんとかして差し上げたい……！　その思いからわたくし、誠に勝手ながら上役と調整を続けて参りまして――」

親身そうな表情で語り、ぱっと目を大きくする。

「先ほどようやく決裁が下りたのです！」

――胡散臭い。

わたしは思った。

なんで急にそんな条件を持ちかけてくるのか。わかりやすすぎる愛想のよさで。

これまでの上質ぶった態度が消え失せていて、今の悪魔は「必死な営業」という感じだった。

何かあるに違いない。それは、ちゃんとわかっていた。

………でも。

「……ほんとにヨシくんは生き返る？」

わたしはもう――疲れ果てていた。

残り六時間でそれを突きとめて、どうにかするなんて。

ずっと陸の見えない海で泳ぎ続けてきて、力尽きて沈みそうになっているところに浮き輪を差し出された気分だった。

「お約束します」

ならわたしは………それをつかんでしまう。

「……契約書は？」

「改訂の手続きを大至急進めています。早くしないと間に合わなく――ごほんッ！」

わざとらしい咳払い。つまらない芸人みたいで、見ていてしんどい。

何が間に合わないんだろう、とは一瞬思ったけれど、わたしはもう気づかなかったことにして、あごを落とすように、うなずいた。

悪魔の目が光ったのがわかった。もっとうまく隠せばいいのに。

「……少しだけ時間いい？　最後にちょっと」

「なんですか？」

神経質に聞いてくる。

「見ておきたいっていうか……家とか」

「なるほど。もちろん大丈夫です。――ただ」

表情を引き締めて凄みを出す。でもそれは薄っぺらい。

「星月様は賭けを降りました。知人との接触はご遠慮願います」

それはもっともな話だと思ったから、わたしはもう一度うなずいた。

「では書類ができ次第、伺います。後ほど」

悪魔が歯を剝き出し、影に溶ける。

頭上で電車が過ぎていく。

騒がしい音の中、わたしは静かに脱力し、重さを感じなくなっていく。

それは長いストレスから解放されたことと、自分の死が決まってしまった喪失感と、何よりも……彼を救えたことの満足感だった。

一〇〇点じゃないけど、悪くないよね。――そういう気持ち。

自分じゃない誰かのために、好きな人のために命を捧げられたっていう、すごくきれいな誇りが胸に満ちていく。

うん。

これでいいよね。

2

ナルちゃんからの着信を無視した。

するとすぐにＬＩＮＥが鳴って、

『今すぐ話したい』

『見たら連絡して』

立て続けに入ってきた。

気になりつつ、わたしはスマホの電源を切ろうとする。もう話しちゃだめだから。そのとき、新たなポップアップ。

『話したいことがあるんだけど、今から会えないか？』

今度はヨシくんだった。

なんだろう二人して。

……でもこういうのって、意外と重なったりするんだよね。同じようなことがいっぺんにさ。

わたしは二人の話への興味を無理やり引きちぎり、電源を切った。

ポケットにしまった。

駅の中を通り抜け、反対側に出る。

そしてホテルの並ぶ大通りに差しかかったとき、

「星月さん！」

後ろから、ヨシくんの声がした。

固まるわたしの隣に、すっと自転車でやってくる。

「LINE見た？」

「…………」

もう話しちゃいけない。

わたしは無言で歩き始める。

彼が追ってきた。

「なんだよ？」

わたしは愛想笑いで振り向き、

「ごめん、急いでるから、またね」

と足を速める。

「待って」

彼は自転車を降り、カラカラと押しながら横につく。

「さっき成美(なるみ)と別れてきた」

――？

「付き合うのを、やめてきた」

思わず振り向くと、彼の瞳とぶつかった。

そのただならない強さに戸惑いながら、わたしはつい、

「……なんで？」

質問していた。

するとヨシくんのまなざしがふっと引いて、怯えるような色になる。わきを通った車に神経質に振り向き、まわりに誰もいないか確認する。

それからまた、わたしを見てきた。彼の胸が呼吸で膨らんだのがわかった。

「星月さんのことが好きだから」

夕暮れの薄暗い視界の中、その言葉がはっきりとした輪郭で届いた。

わたしは頭の中が真空になってしまったように無になりつつ、体だけはしっかりと反応しだす。

「お前のこと、好きになったんだ」

ヨシくんが。

わたしの、こと。

「だから、ずっといてくれよ。天国なんか帰んないで、ずっと……いてくれ」

ヨシくんの本気が伝わる。それは本当に熱い温度を持つようにわたしの胸と底から巡る血液をぐるぐると回らせる。火照って、甘い痺れのような幸福感に埋もれそうになる。

ヨシくんは不安げな、震える声で。

「なんか……最近のお前、いなくなりそうなんだよ」

わたしは――はっと我に返る。

彼がその反応を見て、

「そうなのか？」

わたしの両腕をつかんでくる。

自転車が倒れ、がしゃんと鳴った。

それにも一切かまわず、ヨシくんはわたしをみつめ続けている。つなぎ止めようとするように。

まつ毛の長い目。その瞳の奥の強い光は、わたしのことが好きだってしっかり伝えてくる。もう疑う余地はない。白く焼けた熱に、焦がれる。

わたしはそれを受け取って、透きとおっていく。

「ばれたか」

わたしはでへへと笑って、頭に手をやる。

「実は近々、天国に帰れることになったんだ」

彼の指の力が、抜ける。

わたしはヨシくんに精一杯の困り顔を浮かべて、嘘をつく。

「正直ユーカは新海くんのこと、そういうふうには見れないよ」

——大好きだよ。

「だって知り合ってまだ間もないじゃん？」

——子供の頃からずっとずっと、好きだったよ。

「だからいきなり告られても、ぴんとこないっていうか」

——痺れるくらい嬉しかった。

「でも、ありがとう」

ありがとう。

わたしはそっと後ろに引く。彼の手が離れ、しなびるように下りた。

「ほづきちのこと好きだからって、ストーカーしちゃダメだよ？」

唇を引き結んでいる彼のわきの、倒れたままの自転車が目に入る。ふいに、二人乗りで渡った来島海峡大橋の景色がよみがえる。瑪瑙の海。彼の背中。明るい声。どこまでも続きそうな白い道……。

「元気でね」

声が湿りそうになるのを必死で堪え、あのときと同じように白い翼を広げた。

「バイバイ」

小さく手を振り、これが最後だとヨシくんの姿を目に焼きつけ、背を向けた。

歩いていく。

空を見る。

夕焼けの色が、冷たく澄んだ夜の藍色に染められようとしている。

毎日繰り返されるなんでもないその色の移り変わりが、どうしてか、ものすごく綺麗だと感じた。

わたしはもう、死んでもあそこには行けないんだな。永遠に。


……でも、いい。

3

こんなふうだったのか、とわたしは思った。

ずっと見慣れてきたはずの自分の家が、なんだか妙に全体がくっきりして、知らない場所みたいに意識する。

でもここはやっぱりわたしの家で、ほら、自動ドアのわきにあるちんまいショーウインドウに置いてあるタオルで作った雪ウサギだって何年も前から変わっていないやつだ。

これを見るたび、わたしはヨシくんの歓迎会で作ったあれを思い出す。

店の看板や二階の窓といったひとつひとつを、写真に収めるようにみつめていく。

向かいの道から全体を見ようかな、そんなことを思ったとき——お母さんがカウンターに出てきた。

大きい口。樽そっくりのどっしりした体。

わたしも将来ああなるのかなって、不安だったっけ……。

過去形で語ってしまう自分に、苦笑いしてしまう。

お母さんと目が合った。

意味を持ってしまうぎりぎりまでその姿をみつめて、焼き付け、剝がした。

逃げるように歩きだす。

「星月様、お待たせしました！」

振り向くと――わたしとナルちゃんの家の間にある狭い通り道に、悪魔がいた。

陰になった暗闇の中で、そのぎょろりとした目だけが浮かび上がっている印象。

「契約書をお持ちしました」

「……」

わたしは表情を薄く平らにして、そこへ足を踏み入れていく。

「これまでの契約との変更点を改めて、簡単にご説明します。規則ですので」

悪魔は契約書を開き、慣れた口調で語っていく。

「……という契約でしたが、今回の形は純粋な取引になります。星月様の魂と、新海様の命と。――ここまで、よろしいでしょうか？」

わたしはうなずく。

「素晴らしい……！」

悪魔が大げさに賞賛する。

「ただ命と引き替えならともかく、魂を永遠に縛られるという条件になるとなかなか成立しないのですよ！」

たしかにそうかもしれない。わたしだって最初は賭けだから提案に乗った部分があると思う。勝てるかもしれないという期待があったからだ。

「どうぞ」

悪魔がしわしわの愛想笑いでペンを差し出してくる。

適当に切った針金みたいな形のそれを受け取り、署名欄にペン先を寄せる。

上下に大きく揺れた。

どうしてだろう。べつに冷静なのに。

自分では落ち着いてるつもりなのに、
ぶるぶるぶるぶる。止まらない。

「え……ぁ……」

その手を半ば、他人事みたいに見ている。

「ごめんなさい……」

「いえ。よろしければお手伝いしましょう」

言って、悪魔が手を重ねてきた。

震える手の甲に、黒い穴ぐらの輪郭をした指が絡まる。

指先から血液がシャーベットになっていくような怖気(おぞけ)。

「さあ」

わたしはかじかむように強ばり、悪魔の押すペン先が契約書にふれ——

「駄目っ‼」

突然の声。

振り向くと――ナルちゃんがいた。

すごい形相で駆けてきて、わたしの手首をぐっとつかみ、引き上げる。

「……ナル…ちゃん？」

「思い出した」

ナルちゃんがまっすぐに、わたしとまなざしを結んで。

「優花のこと、思い出した」

短い言葉だったけど、全部を伝えてきた。

「今の話も、聞いてた」

ナルちゃんはわたしの手からペンを抜き取り、契約書に載せて悪魔に突き返す。

「消えて！」

悪魔は口許に薄笑いを貼りつけながら、わたしに目を向けてくる。

「星月様――」

「消えろ‼　消えなさいッッ‼」

ナルちゃんのこんな大声、初めて聞いた。

表を通りかかった人が、何事かとちらりと見てくる。

「……………残念です」

悪魔の表情には搾り出した汁みたいに苦々しさがにじんでいて、わたしはようやく素を見れたような気になった。それは醜悪で黒い、人の皮を被った何かというたとえがぴったりだった。

「――村上様」

ナルちゃんを睨みつける。

「これはあくまで星月様個人の契約です。あなたが新海様の記憶をよみがえらせても無効となりますので、くれぐれも軽率な行為は慎んでください」

事務的な言葉を捨てて、悪魔は消えた。

うちの自動ドアの開く音がする。大声を聞いたお母さんが見に来ようとしているのかもしれない。

わたしたちはとっさに奥へ行き、角に隠れた。

陰から出た、夕暮れの藍色。

コオロギの声が聞こえる。砂利のわきに茂る雑草からだろう。もうそんな時期だ。

小道の突き当たりにある家には、昔よくわたしとナルちゃんの髪を結んでくれたお酒落なお姉ちゃんがいた。今は子供を連れてときどき帰ってくる。

「ナルちゃん――」

続けようとして、はっとなる。わたしはわたしについて、話しちゃいけない。

「いいの。言えないんでしょ」

藍色に染まるナルちゃんの顔は、とても賢そうだ。

その眉間に皺が寄り、唇を噛む。

「……なにやってんのよ……」

なぜか怒られたけど、そこにはナルちゃんがいた。もの心つく前からずっと一緒だった、本来のナルちゃんが。

ほんとうに……思い出してくれたんだ。

それが実感できて、わたしは叫びだしそうになった。

そのとき、ナルちゃんが泣いた。

「すごいね、優花……」

薄い闇の中、涙が落ちたのが微かに見えた。

「ほんと、すごい……」

嚙みしめるように言いながら、ナルちゃんは濡れた瞳で遥かなものを見るようにわたしをみつめる。

「ずっと今日まで、一人でがんばってたんだね……」

わたしの目の奥が、つんとなった。

誰かに苦労してきたことをやさしく言ってもらったとき、なんでか知らないけど、泣いてしまう。

そんなわたしを、抱きしめてきた。

「ごめん、優花」

耳許でささやく息が、熱く湿気っている。

「もしかしたら、あんたはあのまま命と引き替えに良史を助けたかったのかもしれない。余計なことしたって思ってるのかもしれない」

わたしの肩に顔を埋めるようにしながら、

「でも、私は……いやなの」

最後の一滴を絞るように言う。

「優花に死んでほしくないの」

その滴は――涙になってわたしの首筋にじわりとにじんで、心に漣(さざなみ)を広げていく。

「話したいことがある。謝りたいことがある。ううん、そんなのどうだっていい。ただ私は……あなたに生きててほしい」

震えた。

ナルちゃんの熱い息が、涙が、心が、抱きしめてくる強さが、感じさせてくる。わたしがここにいて、生きてるっていうことを。

死にたくない。

死んだら、こんなふうにできなくなる。自分の好きな人といることで感じられるこういう嬉しさがぜんぶ、なくなってしまう。

生きてたい。叫ぼうとした。でもわたしは本当の自分について口を閉ざす癖がついてしまっていて、ぐしゃりと喉がひしゃげた。そこから洩れてきたのは、

……うぁああ
獣みたいな呻き声。

ナルちゃんがさらに深く抱きしめてくれる。

わたしもしがみつく。

昔一緒にタンポポを摘んだ狭い通路で、二人の肩を濡らし合う。

「……大丈夫、大丈夫だよ優花」

ナルちゃんが言う。

「根拠がある」

「根拠？」

「私が優花を思い出したこと」

「……？」

「悪魔は焦ってるように見えた。きっと、記憶を消してた力が弱まってるのよ。だから契約を変えさせようとしてたんだと思う」

……なるほど。

たしかに、そう考えればつじつまが合う。

「優花が今日までがんばってきた結果だよ」

そうなのかな。

わたしの目に、ぶわりと涙が浮かぶ。

「だから大丈夫」

ナルちゃんが、羽のあるわたしの背中をぽんと叩いて、離れる。

それからスマホを取り出し、耳に当てた。

「……良史？」

そうヨシくんに話しかける顔が、ちょっと硬くてほろ苦い。

「あのね、これから会ってほしい人がいるの。……変なことじゃないから安心して。――ありがとう。じゃあ美保の灯台で待っててくれる？」

ナルちゃんは約束して、通話を切った。

「優花。美保の灯台、わかるわよね？」

「昔キスを見たところ」

「そう」

どうしてそこなのかと思った。すると、

「今日は橋がライトアップされてる日だから、すごく綺麗なはず。……だから」

ナルちゃんは言葉を探すふうにポニテに手を押し当て、

「……おあつらえ向きでしょ？」

はにかんだ。

「良史に会って、思い出させてきなさい」

「うん、がんばる」

わたしはうなずく。そうしながらも、本当に思い出してくれるのか不安を捨てきれずにいると、

「それからね」

ナルちゃんは、ぬかりなく。

「あいつが思い出すきっかけになりそうなことに一つ、心当たりがある」

とっておきのことを教えてくれた。

その事実はわたしを驚かせ、同時に、勇気を奮い立たせてくれた。

「いってらっしゃい、優花」

しっかり者で、やさしくて、かしこいナルちゃん。

「いってきます」

ありがとう。

終わったら、焼肉おごるね。

＊＊＊

「たぶんだけど、絶対ユーカが持ってると思うんだよ」

私と二人で登泉堂（とうせんどう）のかき氷を食べながら、良史がそう話したことがある。

空梅雨で暑かった日。優花がまだ閉じこもっていたとき。

「たぶんか絶対か、どっちなのよ」

私は我ながら可愛げのないことを言った。

「成美はどう思う？」

その目は肯定してほしくてきらきらしている。

私は可愛げのない自分を反省したところだったので、

「ない話じゃないわね」

「だろ？」

彼はものすごく嬉しそうで、正直ちょっとだらしのない顔になっていた。それは両想いであることの有力な手がかりをたしかめた顔だった。

「ユーカに会ったら、いつか聞こうって思うんだ」

当時の私は彼のことをなんとも思っていなかったから、ハイハイという感じで。

「タイミング考えてね」

「わかってるって」

彼の食べるブルーベリー味を一口もらおうと切り出すタイミングばかり考えていた。


――考えてたんだっけ……。

私はしんみりとした苦笑いを浮かべようとして、鼻をすすった。

唇を噛んでこらえる。ここで泣きたくはなかった。

誰も見ているわけでもないのに、意地を張ってしまう。

家に入ろう。そう思って裏口のドアに近づいたとき――外の路地で自転車のブレーキの音が聞こえた。

「成美？」

健吾だった。

べつにいいのに、自転車を降りて近づいてくる。部活帰りなんだろう、ユニフォーム姿だ。

「何やってんだよ？」

「なんでも」

泣かなくてよかった。

「いま帰り？」

「おう」

この様子だと、まだ思い出していない。

「マックにでも寄ってたの？」

「いや？　なんで？」

「ここ、すごい遠回りじゃない」

学校から健吾の家までのルートなら、私の家の前を通る選択肢はない。

そんな当たり前のことを言っただけだというのに、健吾が急に落ち着かなくなる。

「それは、その、この道が好きっつうか……」

あいかわらず嘘が下手だ。

「あっ、腹減ったな！　パン余ってないか⁉　パン食わせてくれよ！　そうそうそれを言いにきたんだよ」

何を誤魔化そうとしているのかは知らないけれど、私は可笑しくなって、口許を緩めた。

「お母さんに聞いてみる」

「そうか、悪いな」

「人が通るかもしれないから、入って」

「おう」

私はドアを開け、健吾を玄関に招き入れた。

——優花。

がんばって。

4

ナルちゃんから借りた自転車を漕いで、わたしは港に着いた。

入口の海浜公園に、見慣れた銀色の自転車が駐めてある。その隣に駐めて、公園を小走りで駆け抜けた。

狭い階段を上ると、ざらついた石の防波堤が海に向かってまっすぐに伸びていて、最果てに小さな灯台が建っている。てっぺんの緑色の光が命のようにやわらかく、一定のリズムでついたり消えたりしていた。

波が防波堤に当たるちゃぷちゃぷという音を聞きながら、歩く。

左手の向こう岸に、港の外灯が横一列に並んでいる。その丸いオレンジの光が、わたしの行き先を示す標識みたいに見えた。

灯台のわきには、ホタル色の外灯がお辞儀みたいに首を曲げていて。

その下に――ヨシくんがいた。

夜の海とライトアップされた来島海峡大橋を背に、立っている。

とっくに気づいていたヨシくんは、読んでいた文庫本をズボンの後ろポケットに入れながらわたしを迎える。

どんな顔をしていいのかわからない、というぎこちなさ。

その反応は、まだ記憶が戻ってないということをわたしに知らせた。

「成美が言ってたのって」

「うん、わたし」

「どうしたんだよ？」

ヨシくんはできるだけいつもどおりにしようって感じの笑みを浮かべた。

「話したいこと、あって」

言いながら近づいていく。ヨシくんが目を逸らす。

か細く照らされた地面に、わたしたち二人の影が並ぶ。

スカートのポケットに手を入れ、わたしは中にあるものの感触をたしかめる。

視界にヨシくんを映しながら、胸の内側からコツコツ叩かれるように心臓が動いているのを自覚した。

　これが駄目なら、もう後がない――。

そんな直感が、はっきりと訪れたからだ。

「橋、きれいだな」

「うん」

ヨシくんが橋の方を向く。

島をまたいで架かる来島海峡大橋の全貌が見渡せた。

光るビーズをつないだネックレスのように浮かんでいて、夜の中、ふわりとした静けさを漂わせている。

「ここの灯台でさ」

ヨシくんは気まずさを紛らわせようとするように、

「昔、高校生のカップルがキスしてるとこ目撃したんだ」

明るい声でしゃべる。

「めっちゃどきどきした。あのときは高校生ってすごいお兄さんお姉さんに見えたけど、今、自分もそうなんだよな。なんか不思――」

「新海くん」

遮る。

意を、決した。

わたしは信じる。ナルちゃんのくれたとっておきを。今日までがんばってきたことを。

奇跡を。

「……なに？」

遠くの貨物船の音が海面を這ってくる。

ぬるい空気にときどき漂う潮の香り。

全身に血が巡る、むずがゆくてちりちりとした感覚。

それから。

空気の動きに揺らぐ橋の光が、わき水にさらされる砂金のように美しくて。

「……もう、天国に帰るのか？」

ヨシくんが悲しそうに微笑みながらそう聞くから、わたしは胸がぎゅうって締めつけられて——。

「好き」

口から、心が洩れだした。

海の水と同じようなものを目から落としながら——告う。

「わたしも、好きだよ」

ポケットから取り出し、彼にそれを返す。


『四年一組　新海良史』

名札。

ヨシくんが転校する前の日に落として、わたしがとっていた名札を。

手のひらに載せたそれをヨシくんが見る。なんであるかをたしかめる、刹那の間。

わたしは微笑みながら、祈りながら、見詰める。

ヨシくんがくすぐったそうに目を細めた。

「やっぱりユーカが持ってたんだな」

それはすごくさらりとしていてうっかり聞き逃しそうなものだったけど、言葉を飲み込むより先に、体が反応していた。

波に打たれたように、響く。

星月さん、じゃなく――。

「実はちょっと思ってたんだ」

そうにやける彼がふいに、あれ？　と我に返った顔になる。

戸惑うまなざしをしながら、わたしをみつめてくる。

「ユーカ」

そのカタカナっぽい響き。

「なんで羽なんか――」

抱きついた。

胸に顔を押しつける。

ヨシくん。

「よじぐううぅ……っ」

ぐしゃぐしゃになる。

「なあユーカ、どうなってんだよ……？」

聞いてくるけど、わたしは嬉しさを爆発させるので精いっぱいだった。

そのとき、背中が軽くなっていく。

羽が消えてるんだとわかった。

その軽さに、あの翼がどれだけ重いものだったか気づかされて、ずっとそれを背負っていたことが、なんだか今さらのように泣けてくる。

そんなわたしにヨシくんは立ちつくしていたけど、やがてゆっくり、ぎこちなく、抱きしめてくれた。

やさしく、羽のあったあたりを撫でてくれた。

エピローグ

高くそびえる白い主塔。

広がる海と、浮かぶ島々。

「すげえ！」

ケンくんが自転車をこぎながら、はしゃいだ声を出す。

わたしたちは、四人で来島(くるしま)海峡大橋に来ていた。

そう。新聞部の取材として。最後にとっておいた、地元巡りの仕上げの場所だった。

「圧倒されるな！　なあ成美(なるみ)⁉」

「うん」

ナルちゃんはケンくんに応えながら、味わうように景色を見ていた。

わたしはもう三度目だからそういう新鮮な驚きはない。

ただ、前を走るヨシくんとケンくんがいて。

隣にはナルちゃんがいて。

四人でこうして自転車をこいでいることに、わたしは目を熱くさせてしまう。

すると、誰よりも早くヨシくんが振り向いてきた。

わたしの泣き顔にみんなが気づいて、自転車を止める。

「ユーカ？」

聞いてくるヨシくんも、ナルちゃんも、ケンくんも、理由を察しているふう。

なぜなら、あのときから今日まで何度もこんなふうに泣いたから。

「ごめんね、なんか、スイッチ入っちゃって」

まぶたを擦りながら、えへへと笑う。

「うれしいスイッチが、できちゃってて」

みんなが、やさしいまなざしになる。そよぐ海風と一緒に時間が流れる。

「ごめんね。行こう」

わたしが言うと、みんなまたペダルを踏んで走りだす。

「なんつーか、すげーことだよなあ」

ケンくんが誰にともなくつぶやいた言葉は、たくさんのことを含んでいる響きだった。

みんなが同意するように黙っている。

「なあ成美」

ケンくんが呼びかける。

「なに？」

「こんなタイミングで言うことじゃないとは思うんだけどさ」

「なによ」

「お前のこと、ずっと前から好きだった」

ナルちゃんが急ブレーキをして、よろめいた。

みんな振り向いて、あわてて自転車を止める。

それから全員降りて、ケンくんが改めて言って、ナルちゃんは額を押さえながら「待って」というジェスチャーをし、ヨシくんは「なんで今」とケンくんにツッコみ、なんとかしなきゃと焦るわたしの自転車が神がかったタイミングで倒れた。

それでみんな、笑った。

すっかり秋になった空はあの日よりも淡く、澄んで、やわらかい。

瑪瑙の海はいつものとおり穏やかに、おだやかに、光っている。